Voltaire

Oedipus

Ein Trauerspiel

Voltaire

Oedipus

Ein Trauerspiel

ISBN/EAN: 9783743360730

Hergestellt in Europa, USA, Kanada, Australien, Japan

Cover: Foto ©Andreas Hilbeck / pixelio.de

Manufactured and distributed by brebook publishing software (www.brebook.com)

Voltaire

Oedipus

Oedipus,

Ein Trauerspiel,

Aus dem Französischen
des
Herrn von
VOLTAIRE
übersetzt
von
Heinrich Gottlieb Koch.

Aufgeführt zu Wienn
in dem
kaiserl. königl. privilegirten
Stadt-Theater.

Wienn,
Zu finden bey Joh. Paul Krauß, nächst der kaiserl.
königl. Burg das Gewölb habend, 1765.

Innhalt.

Oedipus war ein Sohn Laii des Königes zu Theben, u. d Jocaste hies deſſen Mutter. Weil nun das Orakel des Apollo, welches man, ehe der Knabe noch die Welt erblicket, zu Rathe gezogen hatte, antwortete: Es würde der Sohn einmal den Vater ums Leben bringen: so wurde das neugebohrne Kind einem Hirten zu tödten übergeben. Dieser durchbohrte des Kindes Füſſe, und hieng ſelbiges an einen Baum, allwo es Phorbas der Hirte Polybii des Königs zu Corinth gefunden, und ſeiner Königinn gebracht. Da nun dieſe keine Kinder hatte, so ward Oedipus an ſtatt des Sohnes auferzogen. Indem er erwachſen und erfahren, er ſeye nicht der Sohn des Polybii, so beſchloſſe er ſeine Eltern zu ſuchen. Seinen Vater trafe er im Lande Phocis, wiewohl unbekannter an. Hier kamen Vater und Sohn in einen Streit, so das Letzterer Erſteren unwiſſend entleibte. Um dieſe Zeit war ein gräßliches Ungeheuer Namens Sphinx, bey Theben, welches einem Menſchen, Vogel und Löwen gleichte, und die Vorbeyreiſende, so ihr Räzel nicht auflöſen konnten, tödtete. Wer alſo dieſes Räzel auflöſen würde, dem ward die Königinn Jocaſte benebſt dem Reich verſprochen. Nachdeme endlich Oedipus das Räzel aufgelöſt, worüber ſich Sphinx ſelbſt umgebracht,

so erlangte er die versprochene Be-
j.   Er erzeugte also mit seiner Ge-
n, so seine Mutter war, Kinder. Als
is zuletzt in Erfahrung gebracht,
seinen Vater erschlagen und seine Mut-
eyrathet, so hatte er sich der Augen
t; Jocaste aber brachte sich selbst ums

Personen.

is, König in Theben.

:, Königinn in Theben.

etes, Prinz von Euböa.

berpriester.

s, Vertrauter des Oedipus.

Vertraute der Jocaste.

Freund des Philoctetes.

s, ein alter Thebaner.

ein alter Corinthier.

r Thebaner.

r Schauplatz ist zu Theben.

Der erste Aufzug.
Erster Auftritt.
Philoctetes, Dimas.

Dimas.

Bist du es Philoctet? welch tödliches Geschick
Führt dich, zum Untergang, an diesen Ort
zurück?
Kommst du, der Götter Zorn mit Trotz zu widerste-
hen?
Es wagts kein Sterblicher so kühn hieher zu gehen.
„ Des Himmels Zorn erfüllt die Gegend und den Ort,
„ Der Tod wohnt unter uns, und reisset alles fort.
„ Ja Theben ist schon längst zum Abscheu hingegeben,
„ Und scheint verbannt vom Rest der Menschen, die
noch leben.
Kehr um.

Philoctetes.

Der Ort hier kann gut für Bedrängte seyn.
Geh, laß mir für mein Glück die Sorge nur allein,
Sprich: ob des Himmels Zorns unmenschlich grau-
sam Plagen
Vor eurer Königinn ihr Leben Scheu getragen?

Dimas.

Ja, Herr! „Sie lebet noch; doch bringt die Seuche schon
„ Ihr Gift bis an den Fuß von ihrem Königsthron.
„ Ihr wird fast augenblicks ein treuer Knecht entnom-
men,
„ Der Tod scheint nach und nach auf sie auch anzu-
kommen,
„ Man sagt„ der Himmel will, nach so viel Zürnen nun,
Bald seinen schweren Arm von uns zurücke thun.
Es sollten so viel Blut und Leichen ihn vergnügen!

Philoctetes.

Ach! welche Schuld vermag den Zorn euch zuzufügen?

Dimas.

Seit unsers Königs Tod . . .

Philoctetes.

Was hör ich? Laius wär . . .

Dimas.

Herr! seit vier Jahren schon lebt dieser Held nicht mehr.

Philoctetes.

Er lebt nicht mehr? welch Wort hat Ohr und Herz ge-
rühret?
Was wacht für Hofnung auf in mir, die mich ver-
führet?
Jocaste! was? so stimmt der Götter Gunst noch ein?
Was? könnte Philoctet nun noch der Deine seyn?
Er lebt nicht mehr! . . . Wodurch war es um ihn
geschehen?

Dimas.

Ein Trauerspiel.

Dimas.

Es sind vier Jahr, da dich Böotien zu sehen
Zum letztenmal das Glück dahin geführet hat.
Und kaum verliessest du das Herz von deinem Staat,
Kaum nahmst du deinen Weg nach Asien zur Reise;
Als eines Feindes Hand auf mörderische Weise
Den unbeglückten Fürst dem Unterthan entwand.

Philoctetes.

Was? Dimas! euer Herr ist tod, durch Mörderhand?

Dimas.

Daraus ist unsre Noth und Elend gleich entsprungen,
Die Frevelthat hat nun das Reich zum Fall gedrungen.
Die Nachricht seines Tods, die uns zum Tod gerührt,
Die machte, daß man nichts als Thränen hier gespührt:
Es kam vom Götterzorn ein Schreck- und Unglücksbote,
Der nicht den Thäter schlug, und nur der Unschuld
　　　　　　　　　　　　　　　　　　drohte.

Ein Ungeheuer, „ (was war dein Thun im fernen Land?)
„ Ein wütend Ungeheur verheerte diesen Strand.
„ Es war des Himmels Fleiß, bey der betrübten Ra-
　　　　　　　　　　　　　　　　　che.
„ Fast an der Macht erschöpft, daß s'es recht gräßlich
　　　　　　　　　　　　　　　　　mache.
„ Das Ungeheur, „ das uns Cithärons Fels gebahr,
Und Adler, Löw und Weib mit Menschenstimme war
Der gänzlichen Natur abscheuliches Vermengen
Hat Kunst und Wuth vereint, uns recht damit zu
　　　　　　　　　　　　　　　　　drängen.
Ein einzig Mittel nur erhielt noch diesen Ort.
Es hat im dunkeln Sinn durch manch gekünstelt Wort,

A 4　　　　　　　　　　　　　　　　　　　In

In der erschrocknen Stadt, das Thier, an allen Tagen
Ein Räzel, recht mit Kunst verfasset, vorgetragen.
Und kam ein Sterblicher zum Beystand in der Noth
Must er sehn und verstehn dis Thier, sonst war er todt.
Dem schröcklichen Gesetz hat man nun folgen müssen,
Und Theben bot sein Reich, nach sämtlichen Beschlüs-
              sen,
Gleich dem Erklärer an, der durch der Götter Trieb
Entdeckte, was bisher uns ein Geheimnuß blieb.
„ Die weisen A'ten hat die Hoffnung trügen müssen;
„ Sie wagten auf den Grund von einem eiteln Wissen,
„ Des Unthiers Zorn zu schmähn, das unverständlich
                  sprach;
„ Nicht einer hier verstunds, sie starben nach und nach.
Doch Oedipus, den man Corinthens Cronprinz nennte,
Der jung und munter war, der nichts, was Furcht
                hieß, kennte,
Kam an den Schröckensort; das Glücke brachte ihn dar,
Der dann dies Unthier sah, verstund und König war.
„ Er lebt, und er regiert. Doch sein betrübt Regieren
„ Kann nichts als Leichen statt der Unterthanen spühren.
„ Wir schmeichelten uns, ach! durch die Hand wär's
                gethan,
„ Die schlöß an seinem Thron das Schicksal ewig an.
Wie lind und milder schien uns schon der Götter Wille,
Das Ungeheur verreckt, und lies die Mauern stille;
Doch kam Unfruchtbarkeit auf den betrübten Strand,
Der Hunger brachte bald ein Sterben in das Land.
Die Götter führten uns von Straffen nur zu Straffen,
Der Hunger wich, doch ist ihr Grimm nicht eingeschla-
              fen.
              „ Die

Ein Trauerspiel.

„ Die Pest, die unserm Staat schon viele Menschen
„ nahm,
„ Verfolgt den schwachen Rest, der noch dem Tod ent-
kam.
„ So gräßlich ist der Stand, zu den die Götter trieben;
„ Allein beglückter Held! den diese Götter lieben,
Was ists, was reisset dich von Ruhm und Ehre fort?
Was suchst du hier, und kommst an den betrübten Ort?

Philoctetes.

Mein Weinen und mein Schmerz soll hier gezeiget
werden.
Vernimm mein widrig Glück, das Unglück dieser Erden.
Der Götter Sohn stellt sich nicht mehr den Augen dar.
Der Welt Schutz, der wie sie unüberwindlich war.
Der Unschuld Schutzgott fehlt, Gedrückten fehlt der
Rather,
Ich wein um meinen Freund, die Welt um einen Vater.

Dimas.

Starb Hercules?

Philoctetes.

Ja Freund; „ Es hat die Unglückshand
„ Den größten Sterblichen den Holzstoß zugewandt.
„ Ich bringe seine Pfeil, als die unüberwindlich,
„ Dis Jovis Sohns Geschenk ist schrecklich und ver-
bindlich.
„ Die Asche bring ich auch; „ Hier wird von mir
dem Held,
Der noch Altäre erkannt, ein Grabmahl aufgestellt.
„ Und glaube, lebt er noch, hätt in den seltnen Gaben,
„ Der Himmel mindern Geiz vor Menschen sollen
haben.

A 5 „ Weit

„ Welt von Jocast' hätt Ich mein Schicksal noch vollbracht,
„ Wär auch mein Trieb aufs neu in meiner Brust
erwacht.
lebt er: Du sähst mich nicht die Liebe nach sich ziehen,
Und einer Frau zum Dienst, so gar Alciden fliehen.

Dimas.

Die Glut war stark und schön, und oft beklagt von mir,
Sie wurde mit dir jung, sie wurde groß mit dir.
Vom Vater ward Jocast' an diesen Band gezwungen,
Sie wurd auf Laius Thron recht mit Verdruß ge-
drungen.
Ach! Da hat durch dis Band, das Thränen nur ge-
bracht,
Das Schicksal in Geheim schon unsre Noth gemacht.
Was für Verwunderung konnt alle Tugend bringen,
Dein Thronen-würdigs Herz, das sich selbst kann
bezwingen?
„ Die Liebe sprach umsonst dem Herz voll Unruh zu.
„ Dis ist der Haupttyrann, den unterdrücktest du.

Philoctetes.

„ Die Flucht erzwang den Sieg, ja ich wills nicht
verhehlen,
„ Ich rung erst; ich empfand die Schwachheit mei-
ner Seelen.
Drum must es seyn, daß ich dem Trauerort entkam,
Worauf ich von Jocast' auf ewig Abschied nahm
Es bebt indeß die Welt beym Namen vom Alciden;
Er wartete, was ihr sein schneller Arm beschieden;
Zu jeder Götterthat gesellte sich mein Fleiß,
Ich zog mit ihm, und trug ein gleiches Lorberreiß.

Alsdenn

Ein Trauerspiel.

Alsdenn hat meine Seel erst größres Licht gefunden;
Für alle Leidenschaft die Vestigkeit empfunden.
* Der grossen Freundschaft kommt von Göttern, als
                                        ein Glück.
* Mein Schicksal, meine Pflicht las ich aus seinem Bick,
* Mit ihm begreif ich erst, die wahren Tugendlehren,
* Ich stärkte Muth und Herz ohn es in Stein zu kehren:
Da band mich das Gesetz der tapfern Tugend schon,
Was wär ich sonder ihn? nichts als ein Königs Sohn,
Nichts, als ein blosser Prinz; vielleicht von meinen
                                        Sinnen
Ein Sclav, wovon er mich die Herrschaft ließ gewinnen.

Dimas.

Du kannst also forthin, gelassen, ohne Quaal
Jocasten sehn, und auch den neuen Ehgemahl.

Philoctetes.

Wie sagst du? hat sie sich zur andern Eh begeben?

Dimas.

Mit dieser Königinn führt Oedipus sein Leben.

Philoctetes.

Beglückter Oedipus! Mir scheints nicht wunderbar;
Dergleichen Lohn verdient, wer Lands-Erretter war.
Der Himmel ist gerecht.

Dimas.

            Er läßt sich hier bald sehen.
Mit ihm wird nebst dem Volk der Ober-Priester gehen,
Man ruft die Härtigkeit erzürnter Götter an.

Phi=

Philoctetes.

Ihr Weinen rühret mich; ich nehme Theil daran.
„ O! schütz dein Vaterland, du, in des Himmels Höhen,
„ Um seiner willen hör, hör einen Freund hier flehen,
„ O Hercules! sey Gott von deinen Bürgern hier,
„ Es steigt jetzt ihr Gebet mit meinem bis zu dir.

Zwenter Auftritt.
Der Ober-Priester, der Chor.

Die Pforte des Tempels eröfnet sich, der Ober-
Priester erscheint mitten unter dem Volke.

Erste Person des Chors.

„ Tyrannen dieses Reichs! Pest-Geister die ihr raset,
„ Den Tod, den man verschluckt, in diese Mauren
blaset.

„ Verdoppelt wider uns des Wüthens sachten Gang,
„ Verschont uns mit der Quaal, macht nicht den Tod
zu lang.

Zweyte Person des Chors.

„ Die Opfer sind bereit, ihr Götter schlagt sie nieder:
„ Ihr Himmel fallt auf uns, ihr Berge trennt die
Glieder.

„ O Tod! wir flehn zu dir, hilf aus der Noth heraus;
„ O Tod! komm, rett uns doch, komm, mach es mit
uns aus.

Ober-Priester.

Laß nach, und haltet ein mit Schreyen und mit Klagen,
Es ist ein schwacher Trost bey der Bedrängten Plagen;
Ruft

Ein Trauerspiel.

Ruft den Gott an, der uns ietzt auf die Probe stellt.
Der durch ein Wort euch hilft, der durch ein Wort
euch fällt.
„ Er weiß, daß uns der Tod in dieser Stadt umschlungen,
„ Und Thebens Schreyn ist schon zu seinem Thron ge-
drungen.
„ Der König kommt, durch mich spricht ihm der Him-
mel nun:
„ Das Schicksal will sich kund vor seinen Augen thun.
Die Zeit ist da, es wird's der grosse Tag heut lehren,
Des Königs und des Volks Verhängniß auch verkehren.

Dritter Auftritt.
Oedipus, Jocaste, der Oberpriester,
Egine, Dimas, Hidaspe, der Chor.

Oedipus.

O Volk! das seinen Schmerz in diesen Tempel trägt,
Dein Thränenopfer sey den Göttern dargelegt.
Könnt ich doch auf mein Haupt der Götter Rache
wenden,
Des Todes Ursprung nur, der euch verfolgt, zu enden!
Doch ist, wann Noth gemein, ein König nur ein Mann,
Der sonst nichts thut, als sie mit andern theilen kann.

Zum Oberpriester.

Du, der du Göttern dienst, die Thebens Volk verehret,
Sprich, wird kein Flehender von ihnen nicht gehöret?
Sie sehn uns so vergehn, von allem Mitleid frey?
Die Lebensmeister sind, so stumm und taub darbey?

Ober-

Oberpriester.

Hör, König! Volk vernimm! Heut Nacht hab ich
gesehen,
Des Himmels Flamm herab auf unsern Altar gehen.
Des grosen Lajus Geist erschien uns allensamt,
Er sah erschröcklich aus von Haß und Zorn entflammt.
Darauf hat eine Stimm entsetzlich so gesprochen:
Es hat noch Thebens Volk den Lajus nicht gerochen.
Des Königs Mörder lebt in diesem Staat allhier,
Sein Athem flößt das Gift in eurem Land herfür.
Er muß entdeckt seyn, auf! Die Rache muß nicht
schlaffen,
O Volk! dein Heil hängt dran, wenn man ihn wird
bestraffen.

Oedipus.

Thebaner! Ich gestehs, euch trift mit Recht genug,
Die That entschuldigt nichts, so harte Züchtigung.
Es war euch Lajus lieb, und euer Trägheit machte,
Daß man des Königs Geist um seine Rache brachte.
Den besten Königen gehts öfters so verkehrt,
Weil sie auf Erden sind, wird ihr Gesetz verehrt:
Ihr höchst gerechtes Thun wird Himmel-hoch erhoben,
Sie sind vom Volk verehrt und Götter, wie die oben;
Allein, wie werden sie nach ihrem Tod erkennt?
Ihr löscht den Weyrauch aus, den ihr für sie verbrennt;
Und da der Menschen Herz vom Eigennutz besessen,
So wird die Tugend bald, die nicht mehr ist, vergessen.
Drum wird der Himmel auch zu Rach und Zorn bewegt,
Durch eures Königs Blut, das wider euch sich regt.
Versöhnt ihn, laßt kein Blut von hundert Thieren
fliessen,

Man

Ein Trauerspiel.

Man muß des Mörders Blut auf seinem Grab ver-
gieſſen.
Braucht alle Müh, und ſucht den Schuldigen herfür,
Hat man vom Königs-Mord nicht einen Zeugen hier?
Und könnte man denn nie bey ſo viel Wunderwerken,
Der ungeſtraften That, des Frevels Spuren merken?
Er ſey aus Theben hier, hat man mir ſtets geſagt,
Des Hand, ſo ſtrafbar ſich an ſeinen Fürſt gewagt.

Zu Jocaſte.

Ich habe ſeine Cron aus deiner Hand bekommen,
Zwey Jahr nach ſeinem Tod den Thron auch einge-
nommen.
Bisher ward, Königinn! dein Schmerz von mir verehrt,
Ich rief auch nicht zurück, was Thränen dir gewehrt;
Dich aus Gefahr zu ſehn, war neu an jedem Morgen
Mein Herz beſorgt, und ſchien verſchloſſen andern Sor-
gen.

Jocaſte.

Herr! da das Schickſal mich für dich hat auserſehn,
Und den Gemahl mir nahm, ſo unverhoft geſchehn,
Als er in ſeinem Staat die Grenzen einſt durchgangen,
Hat dieſer Held den Tod von Mörderhand empfangen,
Nur Phorbas wars allein, der ihn begleitet hat.
Und dieſer Phorbas war des Königs Stütz und Rath.
„ Dem Lajus war ſein Witz und Eifer nicht verborgen,
„ Er theilte ſtets mit ihm der Herrſchaft Laſt und
Sorgen:
„ Der war's, für welchen man den Fürſten tod gemacht,
„ Der den verſtellten Leib in unſre Stadt gebracht.

Er

Er kam mit sachtem Gang von Streichen ganz zerrissen,
Fiel seiner Königinn mit Blut besprützt zu Füssen.
Durch Freunde sprach er, ist der grosse Fall geschehn.
Sie haben dein Gemahl erlegt, ich habs gesehn;
Sie liessen mich halb tod, doch hat des Himmels Walten,
Den schlechten Lebensrest gestärkt, und auch erhalten.
Er sagte mir nichts mehr; hier sah mein ängstlich Herz
Die Wahrheit vor ihm fliehn, die Wahrheit voller Schmerz.
„ Der Himmel hat vielleicht, den diese That verletzet,
„ Den Thäter mir entwand, da ich ihm nachgesetzet:
„ Er hat vielleicht, daß er den ew'gen Schluß vollbracht,
„ Und uns bestrafen kunnt' uns strafbar erst gemacht.
Das Sphinx kam bald darauf das Ufer zu verstören,
Und Theben nahm nun wahr sein wütendes Verheeren,
Da war man schlecht geschickt in solcher Schreckensnoth,
Zu rächen andrer Mord, man furchte seinen Tod.

Oedipus.

Doch Königinn! wie ists dem treuen Knecht ergangen?

Jocaste.

Herr! seine Treu, sein Dienst hat schlechten Lohn empfangen.
Es war das ganze Reich gleich in Geheim sein Feind;
Er war zu mächtig schon, drum war kein Mensch sein Freund;
Es wolte gern der Zorn des Volks, und auch der Grosen
Ihn

Ihn strafen für die Gunst, die er vorher genossen.
Er ward so gar verklagt, mit allgemeiner Wuth
Schrie Theben insgesamt, und forderte sein Blut:
Die Ungerechtigkeit furcht ich von allen Seiten,
Ich fürcht' ihm weder Gnad, noch Strafe zu bereiten.
Ich hab ihn im Geheim aufs nächste Schloß geschickt,
Und also seinen Kopf derselben Wuth entrückt;
„ Da führt der erle Greis vier Winter durch sein Leben,
„ Und kann von Königsgunst ein traurig Beyspiel
geben.
„ Er klagt nicht über mich, noch das erzürnte Land,
„ Und wartet Unschuldsvoll noch auf den freyen Stand.

Oedipus zum Gefolge.

Genug, Gemahlinn! lauft, doch muß es gleich geschehen,
Schließt sein Gefängniß auf, er komm, er laß sich sehen.
In eurer Gegenwart frag ich ihn selbsten hier;
Den Lajus und mein Volk zu rächen, ligt auf mir:
Man muß mit Ernst, wenn man erst alles recht ver-
nommen,
Von diesem traurigen Geheimniß Grund bekommen.
Ihr Götter dieses Volks! Ihr Götter hört uns noch!
Ihr kennet allzuwohl den Mörder, straft ihn doch.
O Sonne! laß ihn nicht des Tages Licht mehr schauen;
Es soll sein Kind ihn scheu'n, vor ihm der Mutter grauen,
Er soll von aller Welt verbannt, verlassen fliehn,
Und alle Höllennoth und Unglück auf sich ziehn,
Sein Blutbespritzter Leib find auch kein Grab auf Erden.
Er soll der Vögel Raub, und ihre Speise werden.

Oberpriester.

Dem schrecklich schweren Eyd schließt unsrer sich mit ein.

Oedipus.

Ihr Götter! laßt die That durch euch bestrafet seyn.
„ Doch wenn das ew'ge Recht von euren vesten Schlüs-
sen,
„ Ihn meinen Händen läßt, daß sie ihn straffen müssen,
„ Und wenn ihr endlich uns zu hassen müde seyd,
„ Befehlt doch, gebt auch Macht, wir folgen allezeit.
Wenn ihr die That verfolgt an dem, den wir nicht ken-
nen,
So führt das Werk hinaus, ihr könnt den Mörder
nennen.
Du, kehr zum Tempel hin, geh hin, damit dein Mund
Die Götter nochmals fragt, vielleicht thun sie es kund.
Zwing sie durch das Gebet, daß sie nun mit uns sprechen;
War ihnen Lajus lieb, wird ihre Macht ihn rächen,
Sie lenkt den König selbst, der sich leicht irren kann,
Und zeiget meinem Arm den Platz zu strafen an.

Ende des ersten Aufzugs.

Der zweyte Aufzug.

Erster Auftritt.

Jocaste, Egine, Hidaspe, der Chor.
Hidaspe.

„ Ja, dis halbtodte Volk, für welches ich soll sprechen,
„ Sucht auf den Philoctet einstimmig los zu brechen,
„ In

Ein Trauerſpiel.

„ In den betrübten Ort ließ, Königinn! das Glück,
„ Das uns nun helfen will, ihn Zweifels frey zurück.

Jocaſte.
Was hör ich, Götter! wie?

Egine.
Wie? ſchreckt mich, was er ſaget!

Jocaſte.
Wer? Philoctet? Der

Hidaſpe.
Ja, Jocaſt, er wird verklaget.
Auf welchen könnten ſie den Mord gewiſſer ziehn,
Den Mord, den er bey uns ſich auszudenken ſchien?
Er war dem Lajus feind, du weiſts; es hat ſein Haſſen
Für deinen Ehgemahl, ſich kaum verbergen laſſen.
„ Der Jugend Unverſtand verrieth ſich offenbar;
„ Die ſchlecht verſtellte Stirn, wies ſeinen Unmuth klar.
„ Ich weiß den Urſprung nicht, warum ſein Zorn entbrannte:
„ Er war zu ſchnell, zu frey, wenn man den König nannte,
„ Ein Sclav, von einem Zorn, der ihm zu mächtig war,
„ Er unterſtund ſich auch für Zorn, und drohte gar.
„ Er reiſte weg; denn bracht ſein irrendes Geſchicke
„ Sein ungewiſſes Glück an unſern Strand zurücke,
Er war in Theben hier, da die betrübte Zeit
Der Himmel ſelbſt bemerkt durch Mord und Grauſamkeit.
Seit dieſem Trauertag iſt, weils ſo ſchien vor allen

Auf ihn, von unserm Volk, auch der Verdacht gefallen.
„ Was sag ich? Es blieb lang in Theben der Verdacht
„ Auf Phorbas und auf ihn, noch stets unausgemacht:
„ Indessen hat sein Ruhm, den er im Krieg erlangte,
„ Der Titel, womit er als Erdenrächer prangte,
„ Die Ehrfurcht, die man oft mit Zwang für Helden
trägt,
„ Den Argwohn still gemacht, die Streiche beygelegt.
„ Die Zeiten ändern sich, der Trauertag zwingt Theben,
„ Den Schaden-vollen Rest der Ehrfurcht aufzuheben.
Sein Ruhm spricht hier umsonst, die Herzen sind be-
schwehrt,
Die Götter wollen Blut, ihr Zorn wird nur gehört.

Erste Person des Chors.

Erbarm dich, Königinn! des Volks, das dich muß lie-
ben.
Sey diesen Göttern gleich Gerechtigkeit zu üben,
Schaff uns ihr Opfer her, ruf sie für uns nur an;
Weil ein so würdig Herz sie besser rühren kann.

Jocaste.

Erfordert's, ihren Zorn zu brechen, gar mein Leben,
Ach! mir ists nicht zu lieb, ich wills zum Opfer geben:
Thebaner! die ihr glaubt, daß meine Kraft ihn bricht,
Mein Blut biet ich euch an, mehr aber fordert nicht.
Geht . . .

Zweiter Auftritt.
Jocaste, Egine.
Egine.
Wie beklag ich dich!

Jo=

Ein Trauerspiel.

Jocaste.
Ach! ich muß die beneiden,
Die hier aus dieser Stadt, aus diesem Leben, scheiden.
„ Was Marter-Stand, für ein ganz tugendhaftes Herz!

Egine.
„ Wer zweifelt? dein Geschick ist greulich und voll
Schmerz.
„ Dis Volk, das falscher Trieb und blinder Eifer jagen,
„ Kommt, schreyt und wird nun bald nach seinen
Opfer fragen.
„ Ich klag ihm zwar nicht an: doch denk! wie du
erschrickst,
„ Wenn du an ihm den Mord des Ehgemahls erblickst?

Jocaste.
„ An ihm? kann seiner Brust ein Mord den Schand-
fleck geben!
„ Verruchten Buben pflegt dies Laster anzukleben.
Egin, es fehlte noch, da sich mein Unglück mehrt,
Daß man so einer That den Held verklagen hört.
Glaub hier, der Argwohn bringt für Zorn mein Blut
in Wallen,
Glaub, er sey tugendhaft, denn er hat mir gefallen.

Egine.
Die Liebe, die so vest . . .

Jocaste.
Nein, glaube nicht, mein Herz
Ernähre diese Glut der Liebe voller Schmerz.
Ich schlug sie stark zurück . . . doch, wertheste Egine,

Wie sehr ein grosses Herz auch strengster Tugend diene,
Verbirgt man sich doch nicht der stillen Triebe Pein,
Der Kinder der Natur, die nicht zu zähmen seyn:
„ Sie können unser Herz im tiefsten überraschen;
„ Solch tod geglaubtes Feur glimmt neu aus seiner
Aschen,
„ Die Tugend widersteht, indem sie tapfer ficht,
„ Den Leidenschaften zwar, doch sie besiegt sie nicht.

Egine.

Dein Schmerz ist so gerecht, als tugendhaft zu nennen,
„ Und solche Meinungen . . .

Jocaste.

„ Was Unglück lern ich kennen!
„ Du kennst mein Herz, Egin! und was mich kränken
kann;
„ Ich brannte zweymal schon des Hymens Fackeln an,
Ich habe zweymal schon mein falsch Geschick ertragen,
Und giena zur Sclaverey, zur Marter könnt' ich sagen:
Und dieser einzige, der meine Brust entzückt,
Der sollte meinem Wunsch auf ewig seyn entrückt.
Verzeiht, ihr Götter! noch ein traurig Angedenken,
Den Rest erstickter Glut er bleibt mir nuch zu kränken.
Du sahst ja selbst, wie eins das Herz dem andern nahm,
Du sahst das Land getrennt, da es zu Stande kam.
„ Mein König liebte mich, erhielt mich auch gezwungen,
„ Die Cron umgab die Stirn, die nichts als Schmerz
umrungen,
„ Da hieß es nun: vergiß in seinen Armen nur,
„ Die erste Liebesglut, den ersten Liebesschwur.

Du

Du weist, ich wollte mich an meine Pflicht nur kehren,
Darum erstick ich bald der Sinnen still Empören,
Mein Weinen schluckt ich ein, ich ließ die Quaal nicht
sehn,
Und wagt es nicht, mir selbst die Schmerzen zu gestehn.

Egine.

Allein, wie konntest du, des Himmels Joch zu tragen,
Zum andernmal, das Glück so zu versuchen, wagen?

Jocaste.

Ach!

Egine.

Ists erlaubt, daß ich itzt frey im Reden bin?

Jocaste.

Sprich.

Egine.

Oedipus, schien dich zu rühren, Königin!
Dein Herz hat wenigstens nach kurzem Widerstreben,
Für den erlösten Staat zum Lohne sich gegeben.

Jocaste.

Ach Götter!

Egine.

Konnt er mehr, als Lajus glücklich seyn?
Nahm Philoctet entfernt vielleicht dich nicht mehr ein?
Den beyden Helden hier hast du nur zugehöret.

Jocaste.

Doch Theben von der Wuth des Ungeheurs verheeret,

Versprach mein Herz an den, der es hätt umgebracht:
Des Sphinx Bezwinger nur ward meiner werth geacht.

Egine.
Du liebtest ihn?

Jocaste.
Ich fühlt', ich muſt ihn etwas lieben.
Doch diese Neigung ist von Schwachheit frey geblieben.
Egin', es war kein Feur, das uns mit Unruh treibt,
Entzückter Sinnen Kind, das niemals stille bleibt.
Ich fühlte nicht in mir dieselbe Flamme brennen,
Die Philoctet allein in mir erregen können,
Und die mir in den Geist ihr Gifft zu streuen fand,
Durch Liebreitz voll Gefahr auch die Vernunft entwand.
Ich fühlt um Oedipus ernsthafte Freundschaftstriebe.
Er hat auch Tugend gnug, die Tugend meine Liebe.
Mein Herze konnt ihn auch mit viel Vergnügen sehn,
Auf der Thebaner Thron, den er erhielt, erhöhn.
„ Doch, kurz da ich mich sah mit ihm zum Altar führen,
„ Egine, muſt ich was in banger Seele spühren,
„ Das mich aus mir geſetzt, ich konnt es nicht verstehn;
„ Kurz, schüchternd hab ich mich in seinem Arm gesehn.
Bey bangen Zeichen ward dies Hymenesfest begangen.
Ich sah, Egin', als uns die dunkle Nacht umfangen,
Ich sah, nächst Oedipus und mir, den Höllenschlund,
Und wie vor meinem Fuß der Abgrund offen stund;
Des erſten Ehgemahls ganz blutig blaſſer Schatten,
Droht' aus den Grüfften mir, die nichts als Schrecken hatten;
Er wieß mir meinen Sohn, den Sohn, den ich gebahr,
Und

Und der von seinem Blut, dem Unglücksblute war;
Den Sohn, den nur mein fromm- und lieblos Un-
  recht kränkte,
Und unsern Göttern gleich geheim zum Opfer schenkte.
Sie beyde hiessen mich gleich folgen, wie es schien;
Und beyde schienen mich in Abgrund hinzuziehn.
„ Ja meine Seele war voll viel-verwirrter Meinung,
„ Sie wies sich stets das Bild der schrecklichen Er-
  scheinung;
„ Und Philoctet, der noch zu sehr mein Herz erfüllt,
„ Vermehrte noch die Furcht für dieses Schreckenbild.

Egine.
Ich hör den Philoctet, er läßt sich selber sehen.

Jocaste.
Er ists; ich zittre ganz; komm, laß uns ihm entgehen.

Dritter Auftritt.
Jocaste, Philoctetes.

Philoctetes.
Nein, flieh nicht, Königinn; nein fürchte dich mir nicht.
Und wags, daß du mich siehst, und daß dein Mund
  mich spricht.
Befürchte nicht, daß hier die Eifersucht durch Zähren
Dein neues Liebesband zu stöhren wird begehren.
Erwarte den Verweis hier nicht, der schimpfen kann,
Auch schwaches Seufzen nicht; Uns beyden stehts nicht
  an:
„ Mit dir halt ich kein solch gewöhnliches Gespräche

„ G-meiner Liebenden aus Weichlichkeit und Schwäche;
„ Ein Herze, das dich liebt, und (wenn mans frey be-
kennt,
„ Wenn du des Bandes noch gedenkst, so du getrennt,)
Ein Herz, wofür dein Herz konnt etwas Liebe fassen,
Hat nicht von dir gelernt, viel Schwachheit sehn zu
lassen.

Jocaste.

So hohe Meinung muß in unsrer Brust nur ruhn;
Ich soll ein Beyspiel seyn, wo nicht nach deinem Thun,
Konnt sich Jocaste nicht an dich vermählet sehen,
Muß billig erst von mir Rechtfertigung geschehen.
„ Ich liebte dich, mein Prinz; Ein hoch Grieß voll Macht
„ Hat wider Willen mich in deinen Zwang gebracht.
„ Das Sphinx, der Götter Wuth, die man genug ver-
nommen,
„ Ist zweifelsfrey dir auch bereits zu Ohren kommen.
Du weist die Plage wohl, die uns getroffne Quaal.
Und Oedip

Philoctetes.

Oedipus, ich weiß, ist dein Gemahl.
Er ist es werth; Ob gleich aus ihm die Jugend blitzte,
Hat doch, nebst Thebens Reich, das seine Weisheit
schützte,
Die Tugend, Rath und That, und daß du ihn erwehlt,
Zu grösten Königen, den theuren Prinz gezehlt.
Ach! warum trieb ein Glück von schädlichen Bestande,
Mein unbedachtes Herz voll Muth in andre Lande?
Und sollte dich zum Lohn des Sphinx Belehner sehn,
Must ich erst weit von dir, den Tod zu suchen, gehn?
„ Ich

„ Ich hätte nicht erst viel den eitlen Spruch entdecket,
„ Den leeren Sinn, der nur in dunklen Worten
stecket.
„ Mein Arm, durch deinen Blick gestärkt und höchst
vergnügt,
„ War schon gewohnt, daß er nur mit dem Degen
siegt.
Des Ungeheuers Kopf hätt ich zu deinen Füssen. . . .
Doch einem andern hat Jocaste werden müssen.
Der Ehre grosses Glück ward andern zugewand.

Jocaste.

Was dir für Unglück droht, ist dir ganz unbekannt.

Philoctetes.

Was fürcht ich, da ich dich und den Alcid verlohren?

Jocaste.

Den Ort hat, wo du bist, ein Gott zur Rach erkohren,
Sein Zorn verkündigt sich durch einer Seuche Wuth,
Es fällt auf unser Haupt des grossen Lajus Blut:
Des Himmels Zorngericht verfolgt uns bis zum Grabe,
Und rächt des Königs Tod, weil mans versäumet habe;
Der Mörder soll dafür zum Opfer aufs Altar,
Man sucht ihn, man nennt dich, ja dich verklagt man
gar.

Philoctetes

Ich schweige, Königinn! Mir den Schimpf zu erzeigen,
Erschrecket meinen Muth, und zwingt mich gar zum
Schweigen.
Wer?

Wer? ich die Frevelthat? Ich einen Meuchelmord?
Und deines Ehgemahls . . = Du glaubst davon kein
                                           Wort.
                    Jocaste.
Nein, nein, ich glaub es nicht, und diß hieß dich verletzen,
Nur etwas Widerstands die Lügen werth zu schätzen.
„ Dein Herz ist mir bekannt, du hattest meine Treu,
„ Unmöglich, daß dein Herz nun meiner unwerth sey.
„ Vergiß nun Thebens Volk, das selbst die Götter
                                           meiden,
„ Seit dich dein Argwohn trift, ists werth den Tod
                                           zu leiden;
Verlaß mich, es ist aus, vergebens liebten wir,
Der Götter Gunst behielt dich edlerm Glücke für;
„ Du bist für sie erzeugt; es konnt ihr weises Walten,
„ Der Welt höchst nutzbarn Arm nicht vest in The-
                                           ben halten,
„ Noch leiden, daß die Lieb ein grosses Herz befällt,
„ Und deinen Muth versteckt bey mir in Banden hält.
Nein, nein, kein Liebesband voll Furcht und Zärtlich-
                                           keiten,
Soll hier Alcidens Freund und Folger ganz bestreiten;
Dein Sorgen muß allein auf Unbeglückte gehn,
Und deine Tugend ganz für die Bedrängten stehn,
Schon überall erscheint ein neu Tyrannen Feuer,
Alcid ist tod; es lebt manch neues Ungeheuer;
Geh von den Flammen frey, die dich in Brand gestellt,
Reiß und gieb wiederum den Hercules der Welt.
Prinz, hier kommt mein Gemahl, vergönn, ich muß
                                           nun gehen;
Nicht, weil mein Herz nicht kann der Schwachheit
                                           widerstehen:
                                                    Doch

Doch hätt ich gnug, so mir zum Schämen Anlaß gibt,
Weil er mein Ehgemahl, und weil ich dich geliebt.

Vierter Auftritt.
Oedipus, Philoctetes, Hidaspes.
Oedipus.

Hidasp, wird hier vielleicht Prinz Philoctet erblicket?

Philoctetes.

Ja, den ein blindes Glück in diese Mauern schicket.
Und dessen Fall iezund des Himmels Zorn begehrt,
Der ihn doch, einen Schimpf zu dulten, nie gelehrt.
„ Ich weiß die Uebelthat, die meinen Ruhm soll schwä-
chen,
„ Herr! hoff nicht, daß ich will für meine Unschuld
sprechen;
„ Ich schätze dich zu hoch, und bilde mir nicht ein,
„ Du könntest zum Verdacht so niederträchtig seyn.
„ Da wir nun beyderseits auf gleichem Wege gehen,
„ So muß ja ganz vereint mein Ruhm bey deinem
stehen.
„ Denn Theseus, Hercul, ich, wir haben dir gezeigt,
„ Den Weg zum höchsten Ruhm, den dein Fuß auch
besteigt;
Entehre iezo nicht durch ein verleumdrisch Schmähen,
Der hohen Namen Glanz, wo deiner auch zu sehen;
Und unterstütze stets aus einem Großmuthstrieb,
Die Ehre, die du hast, daß man dich darzu schrieb.

Oedipus.

Daß ich der Welt zum Wohl, dem Land zur Hülfe lebe,
Die, Prinz, dis ist die Ehr allein, nach der ich strebe,
Und dieses lehrten mich bey höchster Noth und Pein,
Die Helden, die ich ehr, und deine Muster seyn.
Gewiß, ich will dich nicht zu Missethätern zehlen;
Ließ mir der Himmel zu, das Opfer zu erwählen;
Ich lieferte nur mich, kein ander Opfer nicht,
Denn sterben für sein Land ist eines Königs Pflicht;
Die Ehr ist viel zu groß, sie andern hinzugeben:
Mein Leben kürtz ich ab, und schützte nur dein Leben:
Ich rettete mein Volk um euch zum andernmal.
Doch, Prinz, ich habe nicht die Freyheit dieser Wahl;
Es ist ein schuldig Blut, das sollen wir verspritzen,
Du bist verklagt, denk ietzt dich durch dein Recht zu
schützen;
Erschein hier Unschulds-voll, mir wird mehr Lust ge-
wehrt,
Wird hier von mir am Hof ein Held, wie du, geehrt.
Ich schätze mich beglückt, wann ich mit dir soll reden,
Nicht als verklagter, nein, doch als mit Philocteten.

Philoctetes.

Ich will es wohl gestehn, bey meines Namens Macht.
Hätt ich geglaubt, ich sey nun ausser dem Verdacht.
Die Hand, die man verklagt, hat, wenn der Donner
fehlte,
Die Welt vom Mörderschwarm befreyt, der sie so quälte;
Alcid weiß meinem Arm, wie man ihr Wüthen brach.
O König! wer sie straft, ahmt ihnen gar nicht nach.

Oedi=

Ein Trauerspiel.

Oedipus.

Ach nein, ich denke nicht, daß du bey Götterthaten
Die Hand mit Mord befleckt, der dir zum Schimpf
gerathen.
Und, Prinz, wenn Lajus gleich durch deine Streiche fiel,
Erhielt er zweifels frey mit Ruhm sein Lebensziel.
Du schlugst ihn, als ein Held voll Großmuth, kann
man sprechen,
Ich gebe dir viel Recht

Philoctetes.

Ey, was konnt ich verbrechen?
„ Und wenn den Lajus auch mein Stahl in Tod ge-
schickt,
„ Wär es nichts mehr, als daß ein Sieg mir mehr
geglückt.
„ Ein König wird als Gott vom Unterthan geachtet;
„ Von mir und Hercules wird er als Mensch be-
trachtet.
Ich schütze Könige, drum siehe dieses ein;
Konnt ich ihr Rächer erst, konnt ich ihr Sieger seyn?

Oedipus.

Den Philoctet kenn ich an den erhabnen Zeichen;
Bey der Monarchen Zahl stehn Helden deines glei-
chen.
Ich weiß es: doch mein Prinz! indessen zweifle
nicht,
Des Lajus Sieger trift mit Recht das Halsgericht;
An seinem Kopfe wird des Reiches Noth gerochen.
Und du . . .

Phi.

Philoctetes.

Der bin ich nicht, das ist genug gesprochen;
„ Herr, wär ichs, rühmt ich mich, mich nehmt ein
Hochmuth ein:
„ Da ich so sprechen kann, sollt ich gehöret seyn.
„ Man sieht nur niedrige, ia nur gemeine Seelen,
„ Sich zu rechtfertigen, gemeine Mittel wählen:
Doch wenn ein grosser Prinz, und ein uns gleicher Held
Ein Wort spricht, so wird ihm gleich Glauben zugestellt.
Meint Oedipus, daß ich den Lajus tod geschlagen!
Ach dir kommt gar nicht zu, so einen zu verklagen.
Sein Zepter, sein Gemahl kam ia in deine Hand;
Du bist es, der die Frucht von seinem Tode fand.
„ Und, Herr, ich hab auch nicht, als sich sein Glück
verkehret,
„ Was er verließ gesucht, noch seinen Platz begehret.
„ Der Thron ist gar kein Zweck, der mich verführen
kann.
„ So hoch zu steigen sah Alcid verächtlich an.
„ Ohn Unterthan und Herr, mit ihm ganz frey auf
Erden,
„ Setzt ich Beherrscher ein, und wollte keiner werden.
„ Doch ich erniedrige vor dir mich schon genung,
„ Die Tugend schändet sich durch die Rechtfertigung.

Oedipus.

Laß diß Gespräch, indem es beyde nur beleidigt.
Man richtet dich, wann Prinz, die Unschuld dich ver-
theidigt,
Und hat von dem Gesetz kein strenges Recht zu scheun,
Soll sie mit grössern Glanz, alsdann zu sehen seyn.
Bleib hier . . .

Ein Trauerspiel.

Philoctetes
Glaub, daß mein Fuß ietzt nicht von dannen kehret,
Denn dis trift meinen Ruhm. Der Himmel, der mich
 höret,
Sieht mich vor diesen Schimpf nicht ungerochen gehn,
Durch den dein Argwohn läßt mein Antlitz schamroth
 stehn.

Fünfter Auftritt.
Oedipus, Hidaspes.

Oedipus.
Ich muß gestehn, ich kann ihn kaum für schuldig
 sprechen.
Ein Herz wie seines ist, voll Muth, der nicht zu brechen,
Kennt die Erniedrigung bis zur Verstellung nicht:
Gnug, daß ein Lügenmund so hoch nicht denkt, und
 spricht.
Ich kann nichts Niedrigs sehn, das seinen Ruhm kann
 schwärzen,
Ich sage dir noch mehr, ich schämte mich von Herzen,
Daß ich aus Pflicht und Zwang der Großmuth klüger
 ward;
Ich klagte bey mir selbst; ich wär ihm allzu hart.
O Nothzwang! muß es nicht zum Wohl des Reichs
 geschehen!
Es können Könige nicht in die Herzen sehen;
Derselben Strafe dringt oft auf die Unschuld ein;
Man zwingt uns oft, Hidasp, sehr ungerecht zu seyn.
Doch Phorbas kommt sehr spät, die Ungeduld zu stillen.

Oedipus.

Er ists allein, der noch mein Hoffen kann erfüllen;
Der Götter Zorn schätzt uns der Antwort nicht mehr
werth,
Sie schlagen alles ab, ihr Schweigen hats erklärt.

Hidaspe.

Da du durch eigne Müh noch alles kannst erfahren,
Weßwegen soll es erst der Himmel offenbahren?
Die Götter, deren Trost ihr Priester uns versprach,
Die wohnen, Herr, nicht stets, hier unterm Tempeldach.

Oedipus.

Wird in dem Tempel auch ein untreu Herz gespüret?
Nein, wenn des Himmels Macht nun unser Schicksal
führet,
So wird wohl keine Hand, die es nicht werth, geschaut,
Der er die Kostbarkeit von Thebens Heil vertraut.
Ich geh, ich gehe selbst und klage, daß sie schweigen,
Mein wiederholt Gebet soll ihre Strenge beugen.
Du, wann dich mir zum Dienst annoch ein Eifer treibt,
Lauf, schaff den Phorbas bald der gar zu lange bleibt.
In dem betrübten Stand, in dem wir uns so plagen,
Will ich die Götter hier, und auch die Menschen fragen.

Ende des zweyten Aufzuges.

Dritter Aufzug.

Erster Auftritt.

Jocaste, Egine.

Jocaste.

Ja, ich erwart' ihn hier. Ich will, daß Philoctet
Zum allerletztenmal vor meinen Augen steht.

Egi=

Ein Trauerspiel.

Egine.

Du weist wohl, Königinn, zu was für frech Bezeigen
Der Pöbel im Geschrey die Kühnheit liesse steigen:
Das Volk umgibt der Tod fast ieden Augenblick,
Drum wünscht es dessen Straf, und hoft daraus sein
Glück
„ Die Alten, Weib und Kind, die Noth und Elend
bringen,
„ Die stimmen alle bey auf ihn die Schuld zu bringen:
„ Von hieraus hörest du ihr Aufruhr voll Geschrey.
„ Sie fordern nun sein Blut, der Götter wegen frey.
Kannst du nun widerstehn dem hefftigen Erhitzen?
Kannst du ihm dienlich seyn, kannst du ihn auch be-
schützen?

Jocaste.

Ich? Ob ich schützen kann? kommt auch gantz The-
benslland.
So gar auch wider mich mit seiner Mörderhand;
Wann diese Mauren auch in Flammen auf mich schlagen,
Will ich der Unschuld doch verklagt kein Recht versagen.
Jedoch gerechte Furcht nimmt meine Geister ein.
Der Held besaß einmal mein gantzes Herz allein;
Man weiß es, und nur ihm, ihm opfr' ich, sagt der
Spötter,
Den Ruhm, die Ehgemahls, das Vaterland, die
Götter,
Mein Herze brennt auch noch . . .

Egine.

Ach! Stell dis Zittern ein;

E 2 Der

Der unbeglückten Glut kann ich nur Zeuge seyn,
Und nie . . .

          Jocaste.

  Was? Glaubest du, daß einer Fürstinn Seele
Stets möglich sey, daß sie so lieb als Haß verhele?
Des Hofmanns schneller Blick bleibt nie bey uns in Ruh,
Und eilet voll Begier nach allen Seiten zu;
Sein falscher Schmeicheldienst, sein Ehrfurchtsvoll Gespräche,
Dringt bis in unser Herz, und suchet unsre Schwäche:
„ Desselben Bosheit kann nicht das geringst' entgehn,
„ Ein Wort, ein Seufzer blos, ein Blick nur läst uns sehn;
„ Ja alles spricht von uns, so gar auch unser Schweigen,
„ Und wann denn seine Kunst, sein emsiges Bezeigen,
„ Uns wider Willen nun, was heimliches entzieht,
„ So ist sein Plaudermaul ganz offenbar bemüht,
„ Gleich unsern Lebenslauf in schlechten Glanz zu hüllen,
„ Mit unsrer Neigung auch den Erdkreis anzufüllen.

          Egine.

„ Ey, was? ist dir, Jocast, ihr Schaden fürchterlich?
„ Was hat ihr schneller Blick gefährliches für dich?
„ Was kann man heimlich sehn, wo Ruhm und Ehr erliegen?
„ Wann man dein Leben weiß, so weiß man auch dein Siegen.
Man weiß, dich stützete die Tugend allezeit.

                              Jocaste

Ein Trauerspiel.

Jocaste.
Und diese Tugend hier, die ists, die quält mich heut.
„Vielleicht, weil ich stets schnell und streng mich an-
zuklagen,
„Laß ich zu strengen Blick nun auf mich selber schlagen,
„Vielleicht richt ich mich selbst mit so viel Härtigkeit:
„Allein dem Philoctet war doch mein Herz gewehnt.
„Der unbeglückten Brust ist dis Bild eingeschrieben,
„Das meine Tugend nicht, auch nicht die Zeit ver-
trieben,
„Was sag ich? Ich weiß nicht; rett ich ihn von der
Gruft,
„Ob mich die Billigkeit allein zur Hülfe ruft.
Mein Mitleid scheint mir selbst zu zärtlich und zu
heftig,
Ich fühl, es bebt mein Arm, da er zum Schutz ge-
schäftig.
Mein Sorgen, meine Gunst verweiß ich mir gar sehr,
Ich dient ihm, hät ich ihn nicht so geliebt, vielmehr.

Egine.
Du wilst, er reise?

Jocaste.
Ja, ich wills, kein Zweifel störet;
Dis hoff ich noch allein. So wenig er mich höret,
„So wenig auch ben ihm durch Bitten kann geschehn,
„Muß er doch fertig seyn, mich gar nicht mehr zu sehn,
„Den Trauerort zu fliehn, sich auf die Flucht be-
geben,
„Und meinen Ruhm dadurch erretten auch mein Le-
ben.

C 3

Allein wer hält ihn auf? er sollte bey mir seyn,
Egine geh ihr, lauf.

Zweyter Auftritt.
Jocaste, Philoctet, Egine.

Jocaste.

Ach Prinz! du stellst dich ein,
„ Bey dieser Todesfurcht, die meine Brust beschwehret,
„ Entschuldig ich mich nicht, daß ich dich herbegehret.
„ Wahr ist es, meine Pflicht befiehlt mir dich zu fliehn.
„ Vergessen soll ich dich, und nicht ins Unglück ziehn;
Ich glaube wohl, du weist, was über dich verhangen.

Philoctet.

Ein kühner Pöbel lärmt, mein Kopf ist sein Verlangen;
Mein Leben drückt mich so, und er will mich befreyn.

Jocaste.

Ach, denke, wie man weicht, da diese Sträuche dräun.
Verreiß, und zwar annoch als Herr von deinem Glücke,
Wir sind vielleicht, mein Prinz, am letzten Augenblicke,
Wo ich dich von der Schmach des Todes retten kann.
Flieh fernen Weg von mir, und tritt ihn eilend an,
„ Zum Preiß des Lebens nun, wann sich es sicher schätzet,
„ Vergiß, daß ich es itzt in Sicherheit gesetzet.

Phi-

Ein Trauerspiel.

Philoctetes.

„ Jocaſt, erlaub, und laß der Bruſt, die ſo nicht ruht,
„ Nur mindres Mitleid ſehn, doch aber größern Muth;
Gib meinem Ruhm, wie ich, den Platz vor meinem Leben,
Heiß mich zum Sterben gehn, und nicht zur Flucht begeben.
Und zwinge mich nur nicht, da ich ganz Unſchuld voll,
Daß ich erſt ſtrafbar bin, wann ich dir folgen ſoll.
„ Von Göttern, welche mir des Himmels Zorn entriſſen,
„ Hat Ruhm und Ehre mir alleine bleiben müſſen;
„ Dis Guth entzieh mir nicht, hier nimmt der Neid mich ein,
„ Und alſo heiß mich nicht ſo deiner unwerth ſeyn.
„ Mein Schickſal führ ich aus, ich ende nun mein Leben,
„ Gnug, deinen Ehgemahl hab ich mein Wort gegeben,
„ Welch falſcher Argwohn ihn auch meinetwegen quält,
„ So weiß ich es doch nicht, wie mir der Glaube fehlt.

Jocaſte.

Prinz, um der Götter Gunſt, um dieſer Flamme willen,
Womit Jocaſte ſonſt dein Herze konnt erfüllen,
Wann der vollkommne und zarte Freundſchaftstrieb,
Ein Mitleid übrig ließ, ſo dir im Herzen blieb;

Kurz,

Kurz, wann du noch gedenkst, da wir versprochen waren,
Daß ich mein Glücke sonst durch deines sollt erfahren,
So rett ein Leben doch, das nichts als Ruhm gebracht,
Ein Leben, dem man sonst das meine zugedacht.

Philoctetes.

Ich widmets dir schon längst, ich will, dir sey mein Leben
„ Dein, deiner Tugend auch, höchst würdig, ganz ergeben,
„ Ich lebt entfernt von dir, doch ich kann glücklich seyn,
„ Folgt deine Hochachtung mir in mein Grab hinein.
„ Wer weiß denn wohl, wer weiß, ob nicht mit günstgen Blicke,
Solch blutig Opferthier, der Himmel selbst beglücke?
Wer weiß, ob seine Huld mir nicht in diesem Staat,
Daß ich dein Opfer sey, den Fuß geleitet hat?
Ja, Zweifels frey soll ich die grose Gunst geniessen,
Dein Leben zu befreyn, sollt ich das meine schliessen.
Vielleicht daß deines Blut ihn nur zu frieden stellt;
Und meines ist wohl werth, daß ers für würdig hält.

Dritter Auftritt.

Oedipus, Jocaste, Philoctet, Egine.

Oedipus.

Prinz, fürchte nicht den Troß, ein wüthend Unterfangen,

Die

Ein Trauerspiel.

Die Stimmen dieses Volks, die deinen Kopf ver-
  langen,
Ich stillte den Tumult und ich bin selbst dafür,
Wann nöthig sollte seyn, dich zu beschützen hier.
Man hielt dich in Verdacht, das Volk muſt also han-
  deln,
Ich, der im Urtheil nicht des Pöbels Weg darf wan-
  deln,
Ich wollt, es risse bald die dunkle Wolk entzwey,
Und deine Unschuld wieß sich ihren Augen frey:
Mein ungewisser Geist, der keinen Schluß kann
  wehlen,
Wagt nicht, daß er verdammt, und weiß nicht los
  zu zehlen.
Den Himmel ruf ich an, der laß mich schlüßig seyn.
Ja, dieser Himmel, legt den Zorn, er will verzeihn;
Er zieht die schwere Hand bald weg, uns Ruh zu
  gönnen,
Und durch des Priesters Mund will er das Opfer
  nennen.
Den Göttern, welche viel erleuchteter als wir,
Laß ich das Richteramt bey meinem Volk und dir.

Philoctetes.

Herr, deine Billigkeit ist rein und nicht zu beugen;
Doch allzu hohes Recht kann höchstes Unrecht zeigen,
Es muß die Strengigkeit nicht stets gehöret seyn,
Die Ehre bleibt vor uns das Hauptgesetz allein.
„Ich sah mich so beschimpft, daß ich antworten muste,
„Den Klägern, die ich doch sehr zu beschämen
  wuste.

E 5 „Ach!

„ Ach! ohne Müh voll Schimpf und ohn Erniedri-
                                                  gung,
„ Herr hatteſt du an mir hier Zeugens ſchon genung;
„ Dis, dis war gnug, was ſie in meinem Leben fun-
                                                  den,
„ Alcid, der Götterſchuß, der Aſien gebunden,
„ Tyrannen, Ungeheuers, die ich, wie er gefällt,
„ Die Zeugen werden nur hier wider mich geſtellt.
Indeſſen könnt ihr hier der Götter Werkzeug fragen;
Dadurch erfahren wir, ob ſie mich auch verklagen.
Zwar brauch ich ſolcher nicht, doch hör ich, was man
                                                  ſpricht,
Aus Mitleid für dis Volk, zu meinem Vortheil nicht.

Vierter Auftritt.

**Oedipus, Jocaſte, der Oberprieſter, Hi-
daſpes, Philoctetes, Egine, Gefolge,
Chor.**

Oedipus.

Nun, ſind die Götter denn durch das Gebet bewogen?
Wird ihre Rach und Wuth nicht weiter mehr vollzo-
                                                  gen?
Und welche Mörderhand hat ihnen weh gethan?

Philoctetes.

Welch Blut ſoll nun von uns vergoſſen ſeyn, ſag an.

Oberprieſter.

Unglückliches Geſchenk des Himmels! böſes Wiſſen!
                                                  Du

Ein Trauerspiel.

Du wirst der Neubegier der Menschen schaden müssen!
Ach! wollt ein hart Geschick, so mir nicht mehr versteckt,
Die Augen wären mir auf ewig überdeckt!

Philoctetes.

Laß sehn, was dein Bericht für widrigs in sich fasset?

Oedipus.

Verkündigst du, daß uns der Himmel ewig hasset?

Philoctetes.

Fürcht itzt nichts.

Oedipus.

Ist mein Tod der Götter ihr Begehr?

Oberpriester zum Oedipus.

Ach! wenn du mir noch glaubst, so frage mich nicht
mehr.

Oedipus.

Der Himmel meld uns auch, was er will, für Geschicke,
An seiner Antwort hangt doch Thebens Heyl und
Glücke.

Philoctetes.

Sprich . . .

Oedipus.

Es erbarme dich so viel Bedrängter Pein;
Denk, Oedip

Oberpriester.

Oedipus muß mehr bedauert seyn.

Erste

Erste Person des Chors.

Es liebet Oedipus sein Volk, wie Väter lieben,
Mit ihm wird unsre Klag auf ewig fortgetrieben;
Du, den der Himmel spricht, erhör itzt unser Schreyn.

Zweyte Person des Chors.

Wir sterben, hilf und laß sein Wüten von uns seyn.
Nenn uns den Mörder doch, dies Unthier, den Ver-
räther.

Erste Person des Chors.

Den Mord tilgt unsre Hand mit Blut, und straft den
Thäter.

Oberpriester.

Du unbeglücktes Volk, was forderst du von mir?

Erste Person des Chors.

Sprich nur ein Wort, er stirbt, und du hilfst allen
hier.

Oberpriester.

So bald ihr das Geschick, das euch sehr drückt, er-
kennet,
So bebt ihr Schreckens-voll, wenn man den Thäter
nennet.
Der Gott, der dieses euch durch meinen Mund itzt
sagt,
Heißt, daß ihr nur zur Straf, ihn in das Elend jagt:
Doch die Verzweiflung wird bey ihm nicht lange
schlaffen,
Es straft ihn seine Hand selbst bey des Himmels
Straffen.
Bey

Bey welcher Straf und Pein sich euer Aug entsetzt,
Und euer Leben so zu hoch vergolten schätzt.

Oedipus.
Gehorch,

Philoctetes.
Und sprich:

Oedipus.
Dies heist zu lange widersprechen.

Oberpriester zum Oedipus.
Du zwingst mich also selbst ich soll mein Schweigen brechen.

Oedipus.
Wie nimmt mein Zorn in mir durch die Verzögrung zu!

Oberpriester.
Du wilst es, ∘ ∘ ∘ nun wohlan ∘ ∘ ∘ Es ist ∘ ∘ ∘

Oedipus.
Sprich fort; wer?

Oberpriester zum Oedipus.
Du

Oedipus.
Wer?

Oberpriester.
Du, betrübter Fürst.

Zweyte Person des Chors.
Ach weh, was muß ich hören?
Jocaste.
Du bist der Götter Mund, und willst uns das belehren.
Zum Oedipus.
Was? du riefst mir durch Mord den Ehgemahl ins Grab?
Du, dem ich meine Hand und seine Crone gab?
Nein, das Oracul, Herr, gedenkt uns zu betrügen,
Den Mund, der dich verklagt, straft deine Tugend lügen.

Erste Person des Chors.
O Himmel deine Macht lenkt, was das Schicksal droht.
Nenn uns ein ander Haupt, wo nicht, gib uns den Tod.

Philoctetes.
Hoff jetzt nicht Schmach auf Schmach, Herr, laß den Kummer fliehen.
Ich will daraus für mich mit Schimpf nicht Vortheil ziehen;
Der Streich ist unerhört, der dich hier treffen muß.
Dich schätz ich ausser Schuld, trotz aller Götter Schluß.
Ich schenke dir nunmehr das Recht, das dir gehöret,
Das dieses Volk und du mir nicht bisher gewehret,
Selbst wider deine Feind helf ich dir, wie ich kann,
Denn zwischen einem Volk und dir, steh ich nicht an.
Ein Priester, wer er sey, welch Gott ihn auch mag regen,
Soll vor den König stehn, ihn nicht mit Fluch belegen.

Ein Trauerspiel.

Oedipus.

Seht, welche Tugend glänzt, auch welch abscheulich
trügt,
Da hier ein Halbgott spricht, und hier ein Priester lügt.

Zum Oberpriester.

Wird diese Freyheit dir vom Altar zugewendet,
Betrüger, daß dein Mund das Heilige so schändet,
Und seinen König gar verhaßten Mords verklagt,
Der Götter Umgang auch so frey zu schimpfen wagt?
Du glaubst, es schweigt mein Zorn aus Ehrfurcht itzt,
und kehret
Sich an dein heilig Amt, das deine Hand entehret.
Dir, Lügner, sey der Tod am Altar zugedacht,
Vor deinen Göttern dort, die dein Mund redend macht.

Oberpriester.

Mein Leben hast du ja, als Herr, in deinen Händen;
Du mußt, weil du's noch bist, auch keine Zeit ver-
schwenden.
Heut kommt der Urtheilsspruch selbst über dich heraus;
Unglücklichs Königshaupt, erschrick, dein Reich ist aus:
Ein unsichtbarer Arm hält auf dich gegenwärtig
Ein Schwerd, das drohet dir, die Rache macht es fertig.
Du wirst nun bald erschreckt, durch deine Missethat,
Du fliehst vom Thron, den erst dein Fuß bestiegen hat,
Dir muß geweihtes Feur und heilsam Wasser fehlen,
Und dein Geschrey erfüllt die einsam wilden Höhlen,
Vom Rachgott fühlest du die Streiche überall,
Du suchest zwar den Tod, der Tod flieht allemal.
Der Himmel, der hier muß so viele Leichen schauen,
Hat nichts mehr für dein Aug als Finsternis und
Grauen.

Da Laster, Straf und Pein vom Schicksal dir bestellt,
Wie glücklich! wärst du nicht gebohren in der Welt.

Oedipus.

Bis hieher zwang ich noch den Zorn, daß ich es hörte;
Wär dein Blut werth, daß mans durch die Vergiesung
ehrte,
Dein höchst gerechter Tod vergnügte meinen Blick,
Käm allen Ausbruch vor, bräch ein gedroht Geschick.
Geh flieh, um nicht in mit dem Eifer zu vermehren,
Dein Hiersehn reizt den Zorn, den kannst du scheun
und ehren;
Flieh, flieh, Nichtswürdiger, du machst nur Lügen kund.

Oberpriester.

Du nennst mich immer falsch, und einen Lügenmund;
Dein Vater konnte mehr sonst meine Treu vertragen.

Oedipus.

Halt ein, ... Mein Vater? ... Was Polib. ... Was
willst du sagen?

Oberpriester.

Bald, bald erfähret du dein Schicksal voller Noth,
Heut dieser Tag gibt dir nebst der Geburt den Tod.
Dein Schicksal ist erfüllt, du wirst dich bald erkennen.
Kannst du, Unglücklicher! dein Blut, dein Stammhaus
nennen?
Da du in, nur für dich gesparten Lastern schwebst,
Ist mir so viel bewust, mit wem du jetzo lebst?
O Phocis! O Corinth! dies Band kann Abscheu brin-
gen!

Ich

Ich seh ein bös Geschlecht höchst Unglücks-voll ent-
springen,
Das einem Stamme gleich, das seine Wuth nicht stille,
Und nur die Welt mit Furcht, mit Graun und Schrecken fullt.

Fort!

Fünfter Auftritt.
Oedipus, Philoctetes, Jocaste.

Oedipus.

Auf dies letztere kann ich mich fast nicht regen.
Ich weis nicht, wo ich bin; mein Wüten will sich legen;
Mir ist, als hätt ein Gott sich unter uns gestellt,
Der meinen Eifer zwingt, den Zorn in Fesseln hält,
Und scheint ein göttlich Feur im Priester zu erwecken,
Er drohet meinen Fall durch dessen Mund voll Schre-
cken.

Philoctetes.

Herr, wären Könige für dich zu fürchten hier.
So stritte Philoctet mit dir, und unter dir.
Allein ein Priester weiß hier mehr in Furcht zu bringen,
Er kann vor unsern Aug in dich mit Ehrfurcht dringen,
„ Dient falsch Oraculwerk zum Grund und guten
Schein.
„ So kann ein Priester oft dem König schröcklich seyn.
„ Da wird ein blindes Volk im Eigensinn kluger,
„ Und für sein heilig Band ein schwacher Götzendiener,
„ Treibt mit dem höchsten Recht aus Frömmigkeit
nur Spott,

D „Ver-

„ Verräth den König; glaubt, dies ehre seinen Gott;
„ Zumal, wenn Eigennutz, der Grund zu kühnen Wer-
  ken,
„ Gottlosen Eifer zeigt, und kommt den Troß zu stär-
  ken.

Oedipus.

Ach Herr! dein Tugendglanz verdoppelt meinen
  Schmerz,
So groß mein Unglück ist, so groß ist auch dein Herz,
Bey der gehäuften Last der Angst, die mich verzehret,
Wird durch gesuchten Trost dieselbe noch vermehret.
Welch Klaggeschrey nimmt mir den Grund des Her-
  zens ein?
Welch Laster übt ich aus? O Rachgott kann es seyn?

Jocaste.

Mein Herr! dies ist genug, sprich nicht von Lasterthaten;
Ein Opfer muß nunmehr dem Volk im Sterben rathen.
Helft unserm Staat und denkt nicht länger anzustehn:
Ich Laius Ehgemahl; ich muß zum Sterben gehn.
Ich muß zur Unterwelt, zum Todtenflusse kehren,
Den Geist des Ehgemahls in Unruh klagen hören.
Dem Blutbespritzten Geist still ich sein Klaggeschrey;
Ich geh = = = Ach legte dies den Zorn der Götter bey!
Wenn doch vor andern sie mein Tod vergnügen wollte,
Und mein vergoßnes Blut das eure retten sollte!

Oedipus.

Du sterben? Königinn! ach! läßt es noch nicht nach?
Häuft sich auf meinem Kopf noch grösser Ungemach?
Verlasse, Königinn, die Sprache voller Schrecken.

Des

Des Ehgemahls Geschick kann ihm schon Graun erwe-
cken,
Und ohne, daß du mich durch neuen Schmerz betrübst,
Und auch noch deinen Tod mir zu beweinen giebst.
Begleite mich herein; daß ich dir deutlich sage,
Was ich für Argwohn selbst mit gröstem Rechte trage.
Komm..

    Jocaste.
 Wie? mein Herr! du kannst . . .
    Oedipus.
       Begleite mich herein
Durch dich muß meine Furcht, weg, oder grösser seyn.
  Ende des dritten Aufzugs.

Der vierte Aufzug.
Erster Auftritt.
Oedipus, Jocaste.
Oedipus.

Nein, was du mir auch sagst, hilft meiner bangen
Seele!
Beym starken Argwohn nicht, daß sie sich nicht mehr
quäle.
Der Priester macht mir Angst, den ich entschuld'gen
kann,

Ich fange bey mir selbst, mich zu verklagen an.
Auch alles, was er mir zum grösten Schrecken sagte,
Trieb an, daß ich darum mich in Geheim befragte;
Und vieles, was geschehn, und schon vergessen war,
Stellt dem erstaunten Geist, sich Haufen-weise dar.
Vergangenes bringt Furcht, das Gegenwärt'ge Schre-
cken,
Das Künftige läßt mich ein groß Geschick entdecken.
Die That folgt, wie es scheint, mir auf dem Fusse nach.

Jocaste.

Was? weißt du nicht, wie frey dich deine Tugend sprach?
Kann nun ein Zweifel dich der Unschuld wegen kränken?

Oedipus.

Wir seynd oft strafbarer, als wir wohl nicht gedenken.

Jocaste.

Ach, schmäh des Priesters Wuth und Unbesonnenheit,
Entschuldig ihn nicht mehr aus schwacher Bangigkeit.

Oedipus.

Sag, um der Götter Huld, eh wir aufs andre kommen:
Als die betrübte Reis einst Lajus vorgenommen,
Ob man um ihn nicht Wach, und viel Soldaten sah?

Jocaste.

Ich hab es schon gesagt, ein einziger war da.

Oedipus.

Nur ein Mann?

Jocaste.

Dieser Fürst, mehr als sein Glück erhaben,
Sah

Ein Trauerspiel.

Sah auch, wie du, nicht gern, wenn ihn viel Leut um-
gaben;
Man konnte niemals viel um seinen Wagen gehn,
Noch einen Wall um ihn von ganzen Schaaren sehn.
Bey seinem Unterthan, den seine Macht regierte,
Gieng er ganz ohne Schutz, weil keine Furcht ihn
rührte;
Er hielt sich von der Gunst des Volks genug bewacht.

Oedipus.

O Held! du warst der Welt vom Himmel zugebracht.
Du Königs Beyspiel bist rar, herrlich, hoch zu loben!
Hätt Oedipus nach dir die Mordhand aufgehoben?
Beschreib mir wenigstens den Unglücks-vollen Held.

Jocaste.

Weil sein Gedächtniß sich betrübt vor Augen stellt,
So wiß, er war zwar alt, und schon bey guten Jahren,
Doch ließ sein Auge noch viel Jugendfeuer fahren;
Die Narben-volle Stirn mit grauen Haar bedeckt,
Hat bey den Sterbenden viel Ehrfurcht ihm erweckt.
Soll ich, was ich gedenk, Herr! jetzo frey gestehen!
So war am Lajus viel dir ähnliches zu sehen,
Ich schätzte mich beglückt, daß ich durch unser Band
Des Ehgemahls Gesicht und Tugend wieder fand.
Was kann bey dem Gespräch, Herr! dich mit Schre-
cken häufen?

Oedipus.

Ich merk ein Unglück schon und kanns noch nicht be-
greifen.
Der Priester, fürcht ich, ist von Göttern zwar belehrt,
Doch

Doch mein verhaßt Geschick ihm noch nicht gnug
erklärt.
„Ists möglich? Götter! sagt: Ich, ich mußt ihn ent-
seelen?

Jocaste.
„Kann dieser Götter Mund und Werkzeug niemahls
fehlen?
„Der Priester giebt die Macht des Schicksals dem Altar;
„Von Göttern kommts; und wird selbst Menschen
offenbar.
„Dünkt du, daß in der That so gleich auf ihre Frage
„Ihr eitler Vogelflug die rechte Wahrheit sage?
„Und daß ein stehend Rind, vom Opferstall gestreckt,
„Was künftig soll geschehn, dem scharfen Blick entdeckt?
„Und daß ihr Opfervieh mit Blum und Band gezieret,
„Das menschliche Geschick in seiner Seite führet?
„Nein nein; ersticht man so der Wahrheit Dunkelheit,
„Braucht man der Gottheit Recht mit Ungerechtigkeit.
Nein, die Oracul sind nicht was die Leute schliessen,
Denn unser leicht Vertraun macht erst ihr ganzes Wissen.

Oedipus.
Ihr Götter! wär es wahr, wie glücklich wär mein Hertz!

Jocaste.
Es ist mehr als zu wahr, Herr, glaube meinem Schmertz.
„Ich war auch sonst, wie du, für sie sehr eingenommen,
„Ach! mir zum Unglück ist der Trug an mich gekommen,
„Der Himmel strafe mich, denn ich hör allezeit
„Oracul lügen an voll falscher Dunkelheit.
Dies kostete mein Kind: Oraculs ihr macht Beben,
Ohn euer Wort, ohn euch wär itzt mein Sohn am Leben.

Oedi-

Oedipus.

Dein Sohn! sprich welcher Schlag dir einst denselben nahm?
Und welch Oracul dir vom Götter Munde kam?

Jocaste.

So wisse, wisse denn, da Noth und Elend quälen,
Das, was ich stets gesucht mir selber zu verhelen.
Denn das Oracul trügt, getrost du siehst es schon.
Ich hatt einst, Herr, du weists, vom Lajus einen Sohn.
Um meines Sohns Geschick, weils Lieb und Furcht begehrte,
Fragt ich den, welcher uns der Götter Schluß erklärte.
Ach, welche Raserey! daß man mit Macht entdeckt
Die Heimlichkeit, die uns das Schicksal doch versteckt!
Doch ich war Mutter hier und voll von schwachen Schlüssen,
Ich warf der Priesterinn mich furchtsam zu den Füssen.
Hör itzt ihr eignes Wort; Ich merkt es mir genung;
Verzeih, ich zittre ganz bey der Erinnerung.
Er schlägt den Vater tod, wird Recht und Götter schänden,
Blutschand und Vatermord ... O Götter! kann ichs enden?

Oedipus.

Nun, Königinn?

Jocaste.

Kurz, Herr! da sagte man mir schon,
Mein Bett bestieg dereinst, dies Ungeheur, mein Sohn:
Ich, ich, als Mutter, Herr! ich würd ihn selbst noch müssen,

Mit Vaters Blut befleckt in meine Arme schliessen;
Und bänd uns beyderseits dis Band voll Spott und
Hohn,
So gäb ich Söhne noch dem Unglücks vollen Sohn.
Dis Traurgespräche kann, dir Herr, die Unruh
mehren,
Du scheuest dich von mir, das Uebrige zu hören.

Oedipus.

Ach, Königinn! fort ... sprich ... Was hast du
denn gemacht
Mit diesem Kind, woran des Himmels Zorn gedacht?

Jocaste.

Den Göttern glaubt ich, Herr! aus grausam heil'gen
Triebe
Erstickt ich für mein Kind die mütterliche Liebe,
„ Umsont hat diese Lieb ihr Machtwort hier gewagt,
„ Den Göttern widerstrebt und ihr Gesetz verklagt.
„ Solch zartes Opfer nun sollt also mein Bemühen
„ Dem Unglücksstern, der es zum Lastern riß, ent-
ziehen.
Ich glaubt, ich hielte noch sein grausam Schicksal ein,
Aus Mitleid ordnet ich, es solt ertödtet seyn.
O strafbar Mitleid du, du kannst zum Unglück leiten!
O falsch Oracul du voll Trug und Dunkelheiten!
Was hat der Vorsicht Wuth mir für Gewinn gebracht,
Mein unbeglückt Gemahl starb dessen ungeacht;
In besten Siegeslauf von seines Glückes Tagen,
Ward dennoch mein Gemahl von fremder Hand er-
schlagen.

„ Hier

„Hier führte nicht auf ihn sein Sohn den Mörder-
　　stahl,
„Und ich verlohr mein Kind und half nicht dem Ge-
　　mahl.
„Wann doch dis Beyspiel dich zum wenigsten be-
　　lehrte;
„Vertreib die Furcht, womit ein Priester dich be-
　　schwehrte,
Mein Fehler nutzet dir, drum stille deinen Geist.

Oedipus.

Nachdem mir jetzt dein Mund ein groß Geheimniß
　　weißt:
Muß die Erkenntlichkeit auch meiner seits nicht fehlen,
Und mein verhaßt Geschick dir wiederum erzehlen.
Wär aus dem Traurgespräch jetzt dir zugleich bekannt,
Wie schrecklich mein Geschick dem deinigen verwandt,
Du würdest auch vielleicht, wie ich für Schrecken be-
　　ben.
Glück und Geburt hat mir Corinthens Thron ge-
　　geben;
Da ich weit von Corinth und weit vom Throne bin,
Kommt mein Geburtsort mir mit Schrecken in den
　　Sinn.
Ein Tag, der Schreckenstag kommt dem Gedächtniß
　　wieder,
Und schlägt mein banges Herz mit Furcht und Zittern
　　nieder;
Ich bracht aufs erstemal ein prächtig Opfer dar,
Und meine junge Hand beschmuckte den Altar:
Des Tempels Dachwerk wich und öfnete sich plötzlich;

D 5　　　　　　　　Die

Die Marmor färbten sich mit Blute ganz entsetzlich;
Der Altar schütterte, und wich im Augenblick;
Ein unsichtbarer Arm stieß mein Geschenk zurück;
Und alles ward vom Wind und Blitzen eingenommen,
Dies ließ bis hin zu mir die Schreckensstimme kommen:
Beflecke nun nicht mehr den heilig reinen Ort,
Von lebenden verwarf dich längst der Götter Wort;
Dein gottlos Opfer wird von ihnen ausgeschlagen.
Geh, solches zum Altar der Furien zu tragen.
Bitt ihre Schlangen nur, die dir zum Herzen gehn,
Zu diesen Göttern geh, zu diesen mußt du flehn.
Indessen, daß mein Herz sich ließ vom Schrecken rauben,
Verkündigte mir noch die Stimme; kannst dus glauben?
Nebst viel abscheulichen manch unerhörte That,
Womit der Himmel einst dein Kind bedrohet hat;
Sie sprach, dein Mordschwerd stürzt den Vater selbst zur Erden.

Jocaste.

Ihr Götter!

Oedipus.

Und du wirst der Mutter Ehmann werden.

Jocaste.

Wo bin ich? welcher Geist band unsre Herzen vest,
Der so viel Abscheu, Prinz! in uns sich häufen läßt?

Oedi-

Ein Trauerspiel.

Oedipus.

Es ist jetzt noch nicht Zeit viel Thränen zu vergiessen.
Du wirst bald andern Grund zur Quaal erfahren
müssen.
Vernimm mich, Königinn! dann wirst du zitternd
stehn,
Mein Vaterland mußt ich bald mit dem Rucken sehn.
Ich furcht, es sündigte mein Arm auch wider Willen,
Mein böß Geschick einmal getreulich zu erfüllen;
Ich traute mir nicht recht, ich konnte mich kaum sehn,
Die Tugend wollte nicht den Göttern widerstehn;
Aus einer Mutter Arm mußt ich die Flucht ergreiffen,
Ich reist aus einem Land ins andere zu schweiffen.
Verbarg auch überall den Namen und den Stand.
Ein Freund war es allein, der sich bey mir befand.
Auf dieser schweren Reis in viel Begebenheiten,
War meinem Muth ein Gott, als Führer stets zur
Seiten:
Ach! hätte mir ein Kampf das grose Glück ertheilt,
Daß da ein edler Tod mein Schicksal übereilt.
Doch bin ich Zweifes frey zum Vatermord ersehen.
Nun fällt mir ein, was einst auf Phocis Feld geschehen,
(Doch ich begreiffe nicht, was mich für Zaubermacht
Um die Erinnerung des grossen Falls gebracht.
Der Götter Hand, die sich längst über mich erstreckte,
Scheint, sie entreist das Band, das mein Gesicht ver-
deckte.)
Ich traf zween Helden an an einem engen Ort,
Zwey Pferde zogen sie auf einem Wagen fort.
Auf diesem engen Weg entstund alsbald ein Streiten,
Aus eitler Vorzugsehr am ersten fort zu schreiten.

Ich

Ich war noch jung, voll Stolz, erzogen in dem Stand,
Wo stets der Hochmuth sich zugleich im Blute fand:
Ich must jetzt unbekannt durch fremde Länder gehen,
Und glaubt', ich könne mich beym Thron des Vaters
       sehen.
Jedweder, den mein Aug als ungefähr erblickt,
Schien gleich mein Unterthan und mir zum Dienst
       geschickt.
Drum gieng ich auf sie loß, mein Arm wollt auch mit
       Wüthen,
Den hitzig schnellen Lauf den Pferden gleich verbiethen.
Die Helden kamen schnell vom Wagen auf mich an,
Die voller Grimm nach mir gleich Streich auf Streich
       gethan;
Es war nun unter uns der Sieg gar bald zu sehen.
Ihr Götter! ließ denn dies Gunst oder Haß geschehen?
Ihr führet Zweifels frey für mich hier Streich und
       Schlag,
Weil ieder endlich fiel und mir zu Füssen lag.
Der eine, der schon alt, mir ists wie jetzt geschehen,
Hat aus dem Staube mir starr ins Gesicht gesehen;
Er hub die Arme noch, mit mir zu sprechen, auf,
Sein sterbend Auge wieß mir noch der Thränen Lauf,
Ich selbst empfand in mir, indem ich ihn erschlagen,
Ob ich gleich Sieger war ⸺ ⸻ wie? fängst du an
       zu zagen?

     Jocaste.
Herr, Phorbas läßt sich sehn, man führet ihn herein.
     Oedipus.
Ach! Furcht und Zweifel wird mir bald erläutert seyn.

          Zwey-

Zweyter Auftritt.
Oedipus, Jocaste, Phorbas, Gefolge.
Oedipus.
Betrübter Alter, komm, komm näher ... sein Ge-
sichte
Gibt meiner Seelenlast ein heftiger Gewichte.
Mir fällt viel dunkles ein, und macht mich Kummer
voll,
Ich zittre, da ich ihn jetzt sehn und sprechen soll.
Phorbas.
Wohlan! ist heut der Tag, daß ich zum Sterben
gehe?
Befiehlst du, Königinn, daß ich den Richtplatz sehe?
Du warst nie ungerecht, als nur allein bey mir.
Jocaste.
Getrost, mein Phorbas, gib dem König Antwort hier.
Phorbas.
Dem König?
Jocaste.
Ja, vor den hab ich dich bringen lassen.
Phorbas.
Ihr Götter! du? mein Herr? da Laius must· erblas-
sen,
Du Herr?

Oedipus.

Stell jetzo nur das viele Reden ein:
Du warst von Lajus Tod der Zeuge nur allein;
Du wardst verwund, sagt man, da du ihn schützen
müssen.

Phorbas.

Herr, laß des Lajus Asch im Tod die Ruh genießen.
Schmäh jetzt mein Unglück nicht, und spotte nicht
jetzund
Den treuen Unterthan, den deine Hand verwundt.

Oedipus.

Ich dich verwundt? wer? ich?

Phorbas.

Der Lust ihr Recht zu geben,
So mache, nimm mir bald ein höchst beschwerlich Leben.
Den Arm, Herr, den die Macht der Götter dort betrog,
Vergieße noch das Blut, das sich dir da entzog.
Du denkst des engen Wegs, an welchem Trauerorte,
Mein König = • •

Oedipus.

Unglücks-Mund, verschweig die andern Worte.
Ich habs gethan, ich sehs, genug • = • ihr Götter
macht,
Daß nach vier Jahren erst mein Augenlicht erwacht.

Jocaste.

Ach! ists doch wahr?

Oedipus.

Wie? was? bist du? traf dich mein Wüthen?
Wollt ich bey Daulis dir den engen Weg verbieten?
Ja, ja, du bists, umsonst such ich den Irrthum hier;
Denn alles klagt mich an und alles zeihet es mir.
Ich kann dich ganz erstaunt, für keinen andern halten.

Phorbas.

Wahr ists, ich sah durch dich, mein Oberhaupt er-
kalten!
Du hast die That gethan, vor längsten dacht ichs
schon;
Ich war in Fesseln hier, du aber auf dem Thron.

Oedipus.

Geh, ich will meiner Seits dein Recht dir wieder
schenken.
Geh, laß mich wenigstens an meinen Tod gedenken;
Verlaß mich, bleib mir nicht zum Schimpf und
Schmerzen stehn,
Die Unschuld, die ich selbst ins Unglück stieß, zu sehn.

Dritter Auftritt.

Oedipus, Jocaste.

Oedipus.

Jocaste . . . Denn die Wuth des Glücks will nicht
vergönnen

Und

Und wehrts auf ewig nun, dich mehr Gemahl zu nennen.
Du siehst die That, dich schrenkt kein Band der Treu mehr ein,
Erwürg mich, hilf dir so vom Abscheu mein zu seyn.

Jocaste.

Ach!

Oedipus.

Nimm nur diesen Stahl, mein Werkzeug voller Rache,
Daß es sich heut dein Arm mit Recht zu Nutze mache.
Stoß es in meine Brust

Jocaste.

Mein Herr, was thust du hier?
Halt ein und mäßige den blinden Schmerz in dir.
Leb.

Oedipus.

Ach! welch Mitleid will für mich dein Herz bezwingen?
Ich muß nun sterben.

Jocaste.

Leb, ich muß dich dazu bringen,
Erhöre doch mein Flehn.

Oedipus.

Ich höre nichts, ach! nein;
Ich habe dein Gemahl erwürgt.

Jocaste.

Jocaste.
Doch du bist mein.
Oberpriester.
Ich bins durch Uebelthat.
Jocaste.
Jedoch nur wider Willen.
Oedipus.
Was hilfts, es ist geschehn.
Jocaste.
O Noth, die nicht zu stillen!
Oedipus.
O traurigs Eheband! O Glut sonst ohne Quaal.
Jocaste.
Sie ist noch nicht vertilgt, du bist mein Ehgemahl.
Oedipus.
Nein, nun nicht mehr, es war selbst meine Hand zu-
wider,
Sie riß dis heilige, dis veste Bündniß nieder.
Das Unglück, das mir folgt, hab ich im Land erregt;
Trag Scheu für mir und Furcht für den Gott, der
mich schlägt:
Die Tugend zagt und dient mich selbst beschämt zu
sehen,
Und ich kann künftighin nicht weiter für mich stehen

Vielleicht, daß, wann der Gott den Zorn noch mehr
   entdeckt,
Mein gräßliches Geschick sich bis auf dich erstreckt,
Erbarm dich wenigstens so vieler andrer Leben.
Stoß, fürchte nichts, du kannst mich Laster überheben.

Jocaste.

Nein, klage dich nur nicht so harten Schicksals an,
Du bist zwar unbeglückt, doch du hast nichts gethan.
„ Da dich bey Daulis dort der Unglücksfampf erhißte,
„ War deiner Hand verhehlt, was sie für Blut ver-
   sprißte;
„ Ich merke, seh ich nur dis Unglück etwas an,
„ Daß ich nur klagen muß, und dich nicht straffen
   kann.

Leb . . .

Oedipus.

Ich soll leben? Ich? Ich muß dich jezo fliehen.
Doch, ach! Wohin soll ich ein sterbend Leben ziehen?
An welchen Unglücksstrand, in welchem Kummerort
Begrab ich Furcht und Angst? Denn die ziehn mit
   mir fort.
Soll ich noch irrend gehn, mich fliehend mich erkühnen,
Ein neues Kronengold durch Mordthat zu verdienen?
Soll ich nun nach Corinth, wo mein Geschick ergrimmt,
Zu größrer Schandthat mehr noch meine Faust be-
   stimmt.
Corinth! Daß nimmermehr an deinem Unglücks-
   strande . . .

Vierter Auftritt.
Oedipus, Jocaste, Dimas.

Dimas.

Mein Herr! gleich jetzo kam ein Mann aus fremden Lande;
Er nennt sich von Corinth, und will dich selber sehn.

Oedipus.

Ich will den Augenblick ihn zu empfangen gehn.
Leb wohl: du must nunmehr die Thränen unterdrücken,
Du wirst den Oedipus nun weiter nicht erblicken.
Du hast nun kein Gemahl, mein Herrschen stelle sich ein,
Da ich kein König mehr, bin ich auch nicht mehr dein.
Ich geh, und suche nun in meinem Schmerz auf Erden,
Ein Land, wo meine Faust nicht mehr kann strafbar werden.
Ich leb auch ohne Staat, entfernt, ganz königlich
Und so rechtfertig ich die Thränen hier um mich.

Ende des vierten Aufzuges.

Der fünfte Aufzug.
Erster Auftritt.
Oedipus, Hidaspes, Dimas.
Oedipus.

Beschliesset euern Schmerz, und hemmet eure Zähren,
Mein Scheiden geht euch nah, mir kann es Lust gewähren.
Mein Fliehn versichert euch der Hülf in eurer Noth;
Verliehrt den König nur, ihr rettet euch vom Tod.
Es ist nun Zeit, ich muß des Volks Geschick verfügen.
Ich half ja diesem Reich, da ich den Thron bestiegen;
So, wie ich ihn betrat, will ich herunter gehn,
Ich werde meinen Ruhm zum Trübsal folgen sehn.
Ich war ja stets bestimmt, das Leben euch zu schenken.
Ich will von Kindern, Thron und Vaterland mich lenken,
So hört mich wenigstens zum allerletztenmal:
Weil euch ein König fehlt, so folget meiner Wahl;
Philoctet ist an Muth und Tugend auserlesen,
Ein Königs Sohn, und ist Alcidens Freund gewesen.
Ich scheid, und er regiert; holt mir den Phorbas her,
Daß er vor mir erscheint, und fürchte mich nicht mehr.
Ich muß ihm noch vorher ein Gnadenzeichen geben,
Und mich von meinem Thron, als ein Monarch erheben.
Daß auch den Augenblick der Fremde vor mir steh:
Ihr, bleibet.

Zweyter Auftritt.
Oedipus, Hidaspes, Icarus, Gefolge.
Oedipus.

Icarus, bist du es, den ich seh?
Du, dem man mich als Kind im ersten Jahr vertraute,
Auf den mit Recht Polyb, mein Vater, alles baute.
Was für ein wichtig Werk führt dich in unser Land?

Icarus.

Polyb ist tod, Herr!

Oedipus.

Ach! was machst du mir bekannt?
Mein Vater ⸗ ⸗ ⸗

Icarus.

Dessen Tod darf dir nicht frembe dünken.
Die Jahre zwangen ihn ins finstre Grab zu sinken;
Sein Lebensziel war aus, ich sahs, er starb vor mir.

Oedipus.

Trügt ihr Orackels denn von unsern Göttern hier?
Ihr, die die Tugend mir mit Zittern längst ermüdet,
Ihr, die ihr mir den Greul des Vatermords beschiedet,
Mein Vater ist erblaßt, und ihr betroget mich.
Trotz euch, hat meine Hand sein Blut noch nicht an sich:

Ich wollt erst herzlich gern ein Sclav vom Irrthum
bleiben,
Die eingebilte Noth auch suchen zu vertreiben;
Mein Leben stellt ich schon gewissem Elend dar,
Da ich mein Unglück schmid gar zu leichtgläubig war.
O Himmel! ist die Noth vor mich so unerleidlich?
Ist mir der Meinen Tod so gänzlich unvermeidlich?
Find ich ein traurig Glück und büsse sie zwar ein:
Kann mir des Vaters Tod der Götter Wohlthat
seyn.
Auf! Ich muß reisen, fort! ich muß nunmehro
denken,
Der Asche, was sie werth, die letzte Pflicht zu schen-
ken.
Nur fort; du schweigst, ich seh, du weinst, dein
Aug ist naß;
Welch Schweigen!

Icarus.
Himmel ach! Sag ich nun mehr etwas?
Oedipus.
Hast du mehr Unglück noch mir jetzo vorzutragen?
Icarus.
Gönn einen Augenblick, dir es allein zu sagen.
Oedipus zum Gefolge.
Geschwind begebt euch weg . . . Was soll der Vor-
trag seyn?
Icarus.
Dich, Herr, nehm auf Corinth nur kein Gedanken ein.
Man schwur, kämst du dahin, dein Leben zu versehren.

Oedi-

Oedipus.

Ey, wer soll mir den Schritt in meine Staaten weh-
ren?

Icarus.

Den Zepter des Polybs ererbt ein andrer gleich.

Oedipus.

Ist dieses nun genug? Ist dis der letzte Streich,
Fahr fort, Geschick! Fahr fort, du bringst mich nicht
zum Zagen.
Wohlan! Ich gieng zum Thron, Icar, auf, laß
uns schlagen
laß mich dem schandbarn Volk, den Unterthanen sehn.
Bey den Unglücklichen, die gleich im Aufruhr stehn,
Kann ich noch einen Tod voll Ehr und Ruhm erwer-
ben;
Stürb ich in Theben hier, müßt ich als schuldig sterben.
Ich sterb als König noch. Wer ist mein Feind anjetzt?
Sprich, welcher Frembling nun auf meinem Throne
sitzt?

Icarus.

Polybens Schwiegersohn; dem selbst Polyb aufs letzte,
Beym Sterben noch die Cron auf seine Stirne setzte.
Dem neuen Herrn stellt sich das Volk gehorsam dar.

Oedipus.

Ey, was, mein Vater auch, mein Vater trügt mich
gar?
Muß ich am Aufruhr auch den Vater schuldig sehen?
Der jaget mich vom Thron?

Icarus.

Er ließ dir Recht geschehen;
Du warest nicht sein Sohn.

Oedipus.

Icar . . .

Icarus.

Mit innern Streit
Entdeck ich zitternd dir die grosse Heimlichkeit:
Allein ich muß itzt; Herr! das ganze Land schon
wuste . . .

Oedipus.

Ich bin sein Sohn nicht?

Icarus.

Nein, Herr, da der Fürst dis muste,
Im Tod zu wissen thun, sagt er von Reu gebeugt,
Daß dich das Königsblut von unsern nicht erzeugt.
Und weil man mir vor dem die Heimlichkeit vertraute,
Mir auch vors strenge Recht des neuen Königs grau-
te;
So komm ich her zu dir, und bitte, steh mir bey.

Oedipus.

So war ich nicht sein Sohn? Sagt Götter! Wer
ich sey?

Icarus.

Der Himmel, der dich mir vertraut in ersten Jahren,
Verbarg mir ganz und gar, wer deine Eltern waren.

Ich

Ich weiß nur, als man dich bey der Geburt verstieß,
Und auf den wüsten Berg zum Untergang verwies;
Du hättest ohne mich das Leben stracks verlohren.

Oedipus.

So fieng mein Unglück an, so bald ich nur gebohren?
Muße ich des Hauses Greul schon in der Wiegen seyn?
Wo kam ich denn an dich?

Icarus.
    Auf des Cythörons Heyn.

Oedipus.

Bey Theben?

Icarus.

  Daher war, der, der sich Vater nannte,
Und in den wüsten Ort dich als sein Kind verbannte.
Ein Gott voll Gütigkeit trieb meinen Gang zu euch.
Das Mitleid nahm mich ein, mein Arm empfieng dich
       gleich,
Dein fast verloschnes Feur sucht ich dir zu ergänzen.
Du lebtest, und ich trug dich nach Corinthens Gren-
    zen.
Ich gab dem Fürsten dich. Denk, welch Geschick du
      hast,
Der Fürst nahm dich zum Sohn, statt seinen, der
      erblaßt;
So wollte ganz behend sein kluges Staatsverfahren
Die zweifelhafte Macht sich ewig vest verwahren.
Darauf erzog dich nun an seines Sohnes statt,
Auch eben diese Hand, die dich erhalten hat.

          Doch

Doch ließt du dich mit Recht nicht auf dem Throne
nieder,
Der Vortheil hub dich drauf, die Reu vertrieb dich
wieder.

Oedipus.

O, ihr, die Königen zum Schutz und Glück allein,
Ihr Götter! muß ein Tag so oft mir schrecklich seyn?
Ein falsch Oracul muß die Streich erst kundig machen?
Die Wunder sind erschöpft nur wider einen Schwa-
chen?
Doch, Freund, der alte Mann, von dem dein Arm
mich nahm,
Sprich, ob er dir seit dem nicht zu Gesichte kam?

Icarus.

Niemalen; und der Tod hat dir vielleicht genommen
Den ein'zgen, der dir sagt, von wem dein Blut ge-
kommen?
Doch hat sein Bildniß lang in meinem Geist gelebt,
Daß mir noch sein Gesicht gar sehr vor Augen schwebt;
Ich kennt ihn, würd er mir nur sein Gesichte gönnen.

Oedipus.

Unglücklicher! Warum begehrst du ihn zu kennen?
Vielmehr sollt ich nur nicht den Göttern widerstehn,
Und nun dis Band, das mir das Licht nimmt, gerne
sehn.
Ich seh mein Schicksal schon, dis grausame Ergründen
Ließ mich nur neuen Greul, nur neuen Schrecken fin-
den.

Ich

Ein Trauerspiel.

Ich weiß: doch, troß der Noth, die man zum Voraus
sieht,
Fühl ich doch Neubegier, die mich mir selbst entzieht.
Ich kann nicht in der Angst der Ungewißheit bleiben;
Des Unglücks Zweifel kann zu sehr zur Marter trei-
ben;
Ich such in allem Licht, und scheue doch den Schein;
Ich fürcht, ich kenne mich, und muß mir kenntlich seyn.

Dritter Auftritt.
Oedipus, Icarus, Phorbas.

Oedipus.
Ach Phorbas, komm herbey.

Icarus.
Ich muß erstaunend stehen!
Je mehr ich seh, je mehr... Ach, Herr, er läßt sich
sehen,
Der ists.

Phorbas zum Icar.
Verzeihe mir, dein unbekannt Gesicht..

Icarus.
Was? du erinnerst dich des Bergs Cithärons nicht?

Phorbas.
Wie?

Ica=

Icarus.

Was? dis Kind, das du in meine Hand getragen?
Dis Kind, das schon zum Tod ⸳ ⸳ ⸳

Phorbas.

Ach, weh! Was willst du sagen?
Mit was für Schmerzen nimmt mich dein Erinnern
ein?

Icarus.

Nur stille, fürchte nichts, du kannst nun ruhig seyn.
Du hast an diesem Ort nur lauter Freudentage;
Diß Kind ist Oedipus.

Phorbas.

Daß dich der Himmel schlage!
Was sagst du? Rasender!

Icarus zum Oedipus.

Mein König, zweifle nicht,
Er gab dich mir, was hier auch der Thebaner spricht.
Du kennst dein Schicksal nun; sieh hier des Vaters
Blicke.

Oedipus zum Phorbas.

O Elend ohne Maß! O jämmerlich Geschicke!
Ich wäre nun dein Kind ⸳ ⸳ So ließ der Himmel schon
Mich dein vergossen Blut ⸳ ⸳ ⸳

Phorbas.

Du bist ja nicht mein Sohn.

Oedipus.

Was? kam ich nicht als Kind hinweg durch dein Bemühen?

Phorbas.

Herr, ach erlaube mir dein Angesicht zu fliehen,
Damit mein Mund dich schont, daß er was schreck-
lichs spricht.

Oedipus.

Bey Göttern rath ich dir, mir, Phorbas, birg es nicht.

Phorbas.

Geh, Herr, die Königinn, die Kinder auch zu meiden.

Oedipus.

Antworte nur, ich kann den Widerstand nicht leiden.
Und du bestimmtest selbst dem Kinde Tod und Grab?

Zeigt auf Icar.

Und gabst es seinem Arm?

Phorbas.

Ja, der ist's, dem ich's gab.
Warum war der Tag nicht der letzt in meinem Leben?

Oedipus.

Wo war sein Vaterland?

Phorbas.

Sein Vaterland war Theben.

Oedipus.

Du warst sein Vater nicht?

Phor=

Oedipus.

Phorbas.
Ach nein, daſſelbe ſtammt
Aus gröſſern Blut, das auch zum Unglück mehr ver-
dammt.

Oedipus.
Wer war es denn?

*Phorbas wirft ſich dem König zu
Füſſen.*
Ach Herr! wie weit geht dein Begehren?

Oedipus.
Entdeck es gantz, ich will.

Phorbas.
Jocaſte mußts gebähren.

Icarus.
So ſiehe dann die Furcht, die mein Bemühn gebracht.

Phorbas.
Wir zwey, was thaten wir?

Oedipus.
Das hätt ich nicht gedacht.

Icarus.
Herr!

Oedipus.
Grauſame! geht, geht, vor mir euch zu verſtecken,
Scheut eurer Wohlthat Lohn, ſie bringt mir Quaal
und Schrecken.

Flieht,

Flieht, ich bin nur durch euch zu so viel Greul gespart;
Ich straft euch, weil ihr mich erhalten habt, gar hart.

Vierter Auftritt.

Oedipus.

Verhaßt Oracul! Nun ist dir dein Drohn gelungen!
Die Wirkung mußt ergehn, mein Fürchten hats erzwungen;
Ich seh, was sich für Greul vermengt und an mir haft,
Blutschand und Vatermord, und bin doch tugendhaft.
Elende Tugenden! Betrübt, fruchtlose Namen,
Woher die Regeln mir zu meinem Leben kamen,
Nein, meinem Unglücksstern konnt ihr nicht widerstehn.
Ich fiel im Fallstrick hin, und wollt ihm doch entgehn.
Ach! eine stärkre Macht, als ich, zog mich zur Schande,
Und riß zum Abgrund hin, den Fuß, der sich doch wandte.
Ich war, auch ohne Schuld zur Blindheit ganz gebracht,
Ein Werkzeug und ein Sclav von unbekannter Macht.
Seht meine Schandthat nun, kann ich von andrer sprechen?
Mitlose Götter! Seht, von euch kommt mein Verbrechen.
Und ihr bestraft mich drum ... Wo bin ich? Welche Nacht

Hat

Hat schrecklich mich verdeckt und um mein Licht gebracht;
Die Wand schwitzt Blut, ich seh die Eumeniden bre-
chen
Mit Fackeln auf mich ein, den Vatermord zu rächen.
Der Blitz und Donner droht, jetzt schlägt er auf mich zu.
Die Höll erscheint . . . Wer kommt? O Lajus,
Vater! Du?
Ich seh, ich kenne wohl die Wunde von dem Streite,
Hier diese Hand hat Schuld, die drang in deine Seite.
Bestraf mich, räche dich am Unthier, das dich schlug,
Am Unthier, das die Seit eröfnet, die es trug;
Komm, reisse mich nur fort nach jenen fünstern Grün-
den,
Ich geh zur Straf, an der die Geister Schrecken
finden.
Komm fort, dir folg ich.

Fünfter Auftritt.

Oedipus, Jocaste, Egine, der Chor.

Jocaste.

Herr! Hilf meiner Angst und Pein,
Dein fürchterlich Geschrey drang bis zu mir hinein.

Oedipus.

O Erde! schluck mich ein, laß deine Gründe brechen.

Jocaste.

Was quält dich unverhofft für Unglück?

Ein Trauerspiel.

Oedipus.
Mein Verbrechen.
Jocaste.
Ach, Herr!
Oedipus.
Jocaste flieh!
Jocaste.
Ach grausomer Gemahl!
Oedipus.
Halt, Unglückseelige! Wen nennst du diesesmal?
Ich dein Gemahl? Hör auf, der Titel ist abscheulich,
Er ist uns, einem so, gleich wie dem andern gräulich.
Jocaste.
Was hör ich?
Oedipus.
Es ist aus, das Schicksal weißt sich schon.
Denn Lajus zeugte mich, und ich bin nun dein Sohn.
(Gehet fort.)
Erste Person des Chors.
O Schandthat!
Zweyte Person des Chors.
Tag voll Greul! Du wirst stets Graun
erwecken!
Jocaste.
Egine! reisse mich aus dem Pallast voll Schrecken.
Egine.
Ach!

F Jo-

Jocaste.
Greifft dich anders noch so vieles Unglück an:
Wann deine Hand sich mir für Zittern nahen kann;
Hilff, komm, der Königinn aus Mitleid beyzustehen!

Erste Person des Chors.
Ihr Götter! soll also nur euer Haß vergehen?
Nehmt, nehmt die Wohlthat hin, die gar zu traurig war,
Grausame! besser ists: Ihr straft uns immerdar.

Letzter Auftritt.
Jocaste, Egine, der Oberpriester, der Chor.

Oberpriester.
Volk! Eine stille Lust verjagt der Wetter Toben,
Ein klärer Sonnenlicht hat sich empor erhoben;
Der Seuche fressend Feur steht nun nicht mehr im Brand,
Es schließt sich jedes Grab, das für euch offen stand,
Der Tod flieht, und der Gott des Himmels und der Erden,
läßt seine Gütigkeit im Donner kundbar werden.
(Hier höret man donnern und sieht blitzen.)

Jocaste.
Welch Glantz! Wo bin ich? Ach! Was hör ich? Was erthönt?
Grausame!

Ein Trauerspiel.

Oberpriester.

Nun ists gut, die Götter sind versöhnt.
Der todte Lajus läßt nicht mehr Verfolgung spühren,
Und er erlaubt dir nun zu leben, zu regieren;
Das Blut des Oedipus stillt seinen Zorn einmal.

Der Chor.

Ihr Götter!

Jocaste.

O mein Sohn! Ach, sag ich mein Gemahl?
O werthe Namen ihr, wie schreckt ihr nicht beysammen!
So ist er todt?

Oberpriester.

Er lebt. Durch des Geschicks Verdammen
Scheint er von Lebenden und Todten abgetheilt,
Er raubte sich den Tag, eh er ins Grab geeilt:
Ich sah ihn selbst sein Schwerd sich in die Augen stossen,
Mit welchem er vor dem des Vaters Blut vergossen;
Sein Schicksal war erfüllt, und dieser Augenblick
Das erste Zeichen nun von der Thebaner Glück
Der Himmel ordnets so, er ließ die Wuth verschwinden;
Den Menschen läßt er Gnad und Recht, wie er will,
finden;
Sein Strafen ist erschöpft an diesem Unglückssohn,
Lebt, er verzeihet dir.

Jocaste.

(Ersticht sich.) Und ich bestraf mich schon.
Da grose Macht mich zwang Blutschande zu verüben,

So ist der Tod allein mein Gut, mein Gott geblieben,
Nimm Lajus! nimm mein Blut, ich folg dir ohne
Scheu,
Ich lebte tugendhaft und sterb jetzt sonder Reu.

Der Chor.

O Unglücks-volle Frau! O gräuliches Geschicke!

Jocaste.

Beklagt den Sohn, er lebt und lebt im Ungelücke.
Ihr, Priester! Thebens Volk! das mir sonst unterthan,
Ehrt meinen Holzstoß noch, und denket ewig dran,
Daß ich beym Greul, den mir mein Schicksal aufge-
drungen,
Die Götter noch beschämt, die mich zur Schandthat
zwungen.

ENDE

Folgende Schau- und Trauerspiele
sind auch bey mir zu haben.

Schaubühne, die deutsche, zu Wienn, nach alten und neuen Mustern, 12 Theile, 8. 6 Rthlr. 4. gl.
neue Sammlung von Schauspielen, 4 Theile, 8. 1764. 2 Rthlr.
— — 5. 6. 7. 8ter Theil, 8. 1765. 2 Rthlr.
Achilles, in der Insul Scyrus, ein Schauspiel, 8.
Adelheid, in der Sclaverey, ein Trauerspiel, 8.
Adrianus, in Syrien, ein Trauerspiel, 8.
Advocat, der venetianische, ein von dem Herrn Carl Goldoni verfertigtes Lustspiel von drey Aufzügen, aus dem Italiänischen übersetzt, 8.
Agis, König zu Sparta, ein Trauerspiel, von J. C. Gottscheden, 8.
Alexander, in Indien, ein Trauerspiel, aus dem französischen des Herrn Racine, 8.
Alzire, oder die Amerikaner, aus dem französischen des Hrn Voltaire, übersetzt von L. A. V. Gottschedin, 8.
Argenide, oder das übereilte Gelübde, ein Trauerspiel, von Joseph Carl Huber, 8.
Arminius, ein Trauerspiel, von J. Möser, 8.
Araxane, ein erdichtetes Trauerspiel, verfasset von Hrn B. von Trenk, 8.

Aurelius, oder das Denkmal der Zärtlichkeit, 8.
Banise, ein Trauerspiel, von F. M. Grimm, 8.
Bastienne, eine französische Operacomique, in einer freyen Uebersetzung nachgeahmet von Fr. Wilh. Weiskern, 8. 1764.
Bediente, die falschen, oder die bestrafte Betrüger, ein Lustspiel des Hrn von Marivaux, übersetzt von G. A. O. 8.
Berenice, ein Schauspiel, 8.
Braut, die persianische, ein Schauspiel des Hrn D. Carl Goldoni, aus dem Italiänischen, 8.
Brittannicus, ein Trauerspiel des Hrn Racine, aus dem Französ. übersetzt von Hrn von Stüven, 8.
die Brüder, oder die Schule der Väter, ein Lustspiel, 8. 1763.
Burlin, der Diener, Vater und Schwiegervater in einer Person, ein Lustspiel, 8. 1763.
Cato, der sterbende, ein Trauerspiel, von Johann Christoph Gottsched, 8.
der Cavalier und die Dame, ein Lustspiel, aus dem Italiänischen des Herrn Goldoni übersetzt, 8.
der Cavalier von gutem Geschmack, oder der weltkluge Mann, ein Goldonisch Lustspiel, 8.
Cenie, oder die Großmuth im Unglück, ein moralisches Stück, aus dem französ. der Frau von Graphigni, übersetzt von der Frau Gottschedin, 8.
der Chinesische Held, ein musicalisches Schauspiel, des Herrn Abt Peter Metastasio, in das Deutsche übersetzt, von L. L. von C. 8.
der Cid, ein Trauerspiel, aus dem französischen des Hrn. Corneille, übersetzt von G. Lang, 8.

Ein-

Cinna, oder die Gütigkeit des Augustus, ein Trauerspiel des Hrn P. Corneille, 8.

Codrus, ein Trauerspiel, von Hrn Joh. Fr. Freyherrn von Cronegk, 8.

die verunglückten Comödianten, ein Vorspiel, von Friedr. Wilh. Weiskern, 1763.

Cornelia, die Mutter der Grachen, aus dem französischen der Mademoiselle Barbier übersetzt, von L. A. V. Gottschedin.

Darius, ein Trauerspiel, von D. Fr. L. Pitschel, 8.

Demetrius, ein Schauspiel in Versen, aus dem Italiänischen des Hrn Abts P. Metastasio gezogen, 8.

Democrit, ein Lustspiel, aus dem französischen des Hrn Regnard, übersetzt von H. G. Koch, 8. 1763.

Dorfjunker, der poetische, ein Lustspiel, aus dem französischen des Hrn Destouches übersetzt von L. A. V. Gottschedin, 8. 1761.

Edelfrau, die kluge, ein Goldonisch Lustspiel, 8.

Eduard der dritte, ein Trauerspiel, aus dem französischen des Herrn Gresset, 8.

Ehefrau, die tugendhafte, aus dem welschen des Hrn D. Goldoni, 8.

Ehemann, der eifersüchtige, 8.

— — der neugierige, ein Lustspiel, in einem Aufzug, aus dem französ. des Hn. d'Allainval übers. 8.

der Graf Essex, ein Trauerspiel, aus dem französischen des Th. Corneille, übersetzt von Stüven, 8.

Evakathel und Schnudi, ein lustiges Trauerspiel in Versen, 8. 1765.

Gabi-

Sabinie, die standhafte Christinn, welche unter der letzten zehenden schweresten Hauptverfolgung Kaisers Diocletiani enthauptet worden, 8.

der Geheimnißvolle, ein Lustspiel, von Herrn Prof. Joh. Elias Schlegel, 8. 1765.

das Gespenst mit der Trummel, ein Lustspiel, nach dem französischen des Herrn Destouches übersetzt, von L. A. V. Gottschedinn, 8.

der Gleißner, oder scheinheilige Betrüger, ein Lustspiel des Herrn Moliere, 8. 1763.

die Haushaltung nach der Mode, oder was soll man für eine Frau nehmen? ein Lustspiel, 8. 1765.

der Hausvater, ein Lustspiel, aus dem französischen übersetzt, 8.

der Hochzeittag, oder der Feind des Ehestandes, ein Lustspiel, nach dem englischen des Hrn Henry Fielding, 8. 1764.

die Hofmeisterinn, ein musikalisches Lustspiel, 8. 1763.

die Horazier, aus dem französischen des ältern Corneille, 8.

Hypermnester, ein Trauerspiel, aus dem französischen des Herrn le Mierre in deutsche Verse gebracht, 8. 1764.

Iphigenia, ein Trauerspiel, aus dem französischen des Herrn Racine übersetzt, 8. 1762.

die gutherzige Kammermagd, ein Lustspiel, dem ital. des Hrn Goldoni nachgeahmet, 8. 1764.

das rachgierige Kämmermädel, ein Lustspiel, dem ital. des Hn. Goldoni nachgeahmet, 8. 1764.